老舍

經典新版

# 老張的哲學

老舍——著

# 老張的哲學

## 目錄

老舍先生為現代文學史上的大家，
其行文習慣與用語可能與當下的用法不同，
為尊重歷史原貌，本書一律不做改動。

總序

# 文學星座中，最特立獨行的那一顆星

秦懷冰

上世紀三十年代，由於適值新舊文化、中西思想處於強烈對接和震盪的不安時期，又是白話文學和現代藝術的創作剛好進入多元互激的豐收時期，所以，當時的文壇湧現了一波又一波令人目眩神迷的重要作家和作品。那個時代的文學星空，簡直可謂燦爛輝煌，極一時之盛。

有人認為魯迅、周作人兄弟是那個文學星空中的啟明星與黃昏星，撐起了一整個時代的文采與氣象；也有人認為胡適、徐志摩、梁實秋等「新月派」作者群係屬當時讀者公認的文壇主幹；更有人認為後起的巴金、茅盾、曹禺等左派前衛作家才是那個時代的主流與健將。

然而，無論是日後撰寫現代華人文學史的書齋學者們，或是稍為熟悉三十年代文藝實況的當今讀者們，恐怕沒有人會否認：那個總是刻意避開浮名虛譽，習慣於孑然一身、特立獨行的作家老舍，乃是當時的文學星空中持久熠熠發光的一顆恆星。他的作品所煥發的光輝和熱力，在洶湧起伏的潮流激盪中，撐起了一片人文的、鄉土的、人道的文學園圃。有了老舍的作品，現代華文小說才算是已走向鮮活與成熟。

眾所周知，本名舒慶春的老舍，是世居北京的正紅旗滿洲人，自幼喪父，家境貧寒。正因曾經家世不凡，出生時卻已淪為社會底層，所以他對世態炎涼、人情冷暖的現實社會，早有深刻而切膚的體會。憑著自己特異的天賦和不懈的努力，他青年時代即抓住機會赴英國留學並任教，同時開始文學創作。在英國，他時常尋訪當時的人文重鎮牛津、劍橋，親身接觸了西方現代文藝思潮與技法的奧妙，並與當時炙手可熱的「百花園作家圈」有過互動，故而日後他的創作中極自然地融入了諸多前衛的西方文學因素。返國後，他一往無前地投身文學創作，終身不渝。

老舍的作品，風格相當鮮明而獨特，這是因為：首先，他的語言非常鮮活，正宗北京話中又帶有胡同廝混的鄉土腔，令人一讀之下即難以忘懷。其次，他筆下的人物形象生動，往往只消寥寥幾個場景或動作，即令人如見其人，如聞其聲。尤其，他所抒寫的主角都是社會底層飽經生活折磨的辛苦人，每日須遭風刀霜劍摧折，甚至受傷害、受侮辱，但往往只為了一絲微弱的希望、或一個掛心的人，就不惜忍氣吞聲地活下去。他對人性的深刻挖掘，即是從對都市平民、弱勢群體的理解與同情出發的。

老舍的長篇名著《駱駝祥子》，抒寫從農村來到都市的破產青年祥子，一次又一次掙扎著在現實而勢利的社會中求生存、求上進的艱辛過程，卻因環境和命運的播弄，一次又一次跌倒，其間情節，令人鼻酸。這種人道主義的關懷和刻畫，正是老舍作品最動人的特色。他的短篇名作《月牙兒》，描述一位天真可愛的小姑娘，從七歲起就生活顛沛困頓，與母親相依為命，然因母親患病，她不得不面對人世間種種的冷眼和苛待，最終陷入不堪的命運；這篇小說，近年被拍成電視劇，播出後萬千觀眾為之淚奔。

至於老舍的長篇小說《四代同堂》，刻畫一個大家族內種種相煦以濕、相濡以沫的人際呵護，以及樁樁利益傾軋、誤會齟齬的恩怨情仇，猶如一幅有倫有脊、大開大闔的都市生活風情畫，委實是大師手筆。而他的話劇名著《茶館》，透過一個歷經清末戊戌變法流血、民初北洋軍閥割據、國民政府施政失敗這三大時代鉅變的古舊茶館，反映了半個世紀中國動亂與傾覆的情狀；藉由茶館裡人來人往、匯聚了三教九流各路人馬的場景，以高度的藝術概括力，生動地展示了中國近代史和現代史滄桑變幻的社會縮影。

老舍早年在英國曾悉心觀摩和鑽研西方現代話劇的展演，他的《茶館》更融合了他對華人社會與歷史的反思，精采迭出，無怪乎成為歷久不衰的名劇，直到現在，老舍的《茶館》每次演出，仍然轟動遐邇，觀眾人山人海。

老舍在瘋狂的文革時代，為了保持一己基本的人性尊嚴，不惜自沉於北京太平湖，以示無言的抗議。時至今日，他已被公認是大師級的作家，同時被定位為華人文學中「都市平民的代言人」，因為老舍從來不願、也不屑去抒寫北京城裡的豪門富戶、達官貴人，他只關心活生生的、辛苦掙扎的底層平民。正是這種終身不渝的人道主義情懷，和由此情懷所陶冶、所匯聚出來的文學造詣與藝術感性，使我們認為，即使在出版文學作品在書市簡直可謂相當困難的當前時刻，仍一定要出齊老舍的代表作，以向文學星座中這顆特立獨行的閃亮星宿致意！

# 第一

老張的哲學是「錢本位而三位一體」的。他的宗教是三種：回，耶，佛；職業是三種：兵，學，商。言語是三種：官話，奉天話，山東話。他的……三種；他的……三種；甚至於洗澡平生也只有三次。洗澡固然是件小事，可是為了解老張的行為與思想，倒有說明的必要。

老張平生只洗三次澡：兩次業經執行，其餘一次至今還沒有人敢斷定是否實現，雖然他生在人人是「預言家」的中國。第一次是他生下來的第三天，由收生婆把那時候無知無識的他，像小老鼠似的在銅盆裡洗的。第二次是他結婚的前一夕，自動的到清水池塘洗的。這次兩個銅元的花費，至今還在帳本上寫著。這在老張的歷史上是毫無可疑的事實。至於將來的一次呢，按著多數預言家的推測：設若執行，一定是被動的。簡言之，就是「洗屍」。

洗屍是回教的風俗，老張是否崇信默哈莫德呢？要回答這個問題，似乎應當側重經濟方面，較近於確實。設若老張「嗚乎哀哉尚饗」之日，正是羊肉價錢低落之時，那就不難斷定他的遺囑有「按照回教喪儀，預備六小件一大碗公的清真教席」之傾向。（自然慣於吃酒弔喪的親友們，也可以借此換一換口味。）而洗屍問題或可以附帶解決矣。

不過，十年，二十年，或三十年後肉價的漲落，實在不易有精密的推測；況且現在老張精神中既無死志，體質上又看不出頹唐之象，於是星相家推定老張尚有十年，二十年，或三十年之壽命，與斷定十年，二十年，或三十年後肉價之增減，有同樣之不易。

豬肉貴而羊肉賤則回，豬羊肉都貴則佛，請客之時則耶。

為什麼請客的時候則耶？

耶穌教是由替天行道的牧師們，不遠萬里而傳到只信魔鬼不曉得天國的中華。老教師們有時候高興請信徒們到家裡談一談，可以不說「請吃飯」，說「請吃茶」；請吃茶自然是西洋文明人的風俗。從實惠上看，吃飯與吃茶是差的多；可是中國人到洋人家裡去吃茶，那「受寵若驚」的心理，也就把計較實惠的念頭勝過了。

這種妙法被老張學來，於是遇萬不得已之際，也請朋友到家裡吃茶。這樣辦，可以使朋友們明白他親自受過洋人的傳授，至於省下一筆款，倒算不了什麼。滿用平聲仿著老牧師說中國話：「明天下午五點鐘少一刻，請從你的家裡走到我的家裡吃一碗茶。」

尤為老張的絕技。

營商，為錢；當兵，為錢；辦學堂，也為錢！同時教書營商又當兵，則財通四海利達三江矣！此之謂「三位一體」；此之謂「錢本位而三位一體」。

依此，說話三種，信教三樣，洗澡三次，……莫不根據於「三位一體」的哲學理想而實施。

老張也辦教育？

真的！他有他自己立的學堂！

他的學堂坐落在北京北城外，離德勝門比離安定門近的一個小鎮上。坐北朝南的一所小四合房，包著東西長南北短的一個小院子。

臨街三間是老張的雜貨鋪，上自鴉片，下至蔥蒜，一應俱全。東西配房是他和他夫人的臥房；夏天上午住東房，下午住西房；冬天反之；春秋視天氣冷暖以為轉移。既省涼棚及煤火之費，長遷動著於身體也有益。北房三間打通了槅段，足以容五十多個學生，土砌的橫三豎八的二十四張書桌，不用青灰，專憑墨染，是又黑又勻。書桌之間列著洋槐木作的小矮腳凳：高身量的學生，蹲著比坐著舒服；小的學生坐著和吊著差不多。北牆上中間懸著一張孔子像，兩旁配著彩印的日俄交戰圖。西牆上兩個大鐵帽釘子掛著一塊二尺見方的黑板；釘子上掛著老張的軍帽和陰陽合曆的憲書。門口高懸著一塊白地黑字的匾，匾上寫著「京師德勝汛[1]公私立官商小學堂」。

老張的學堂，有最嚴的三道禁令：第一是無論春夏秋冬閏月不准學生開教室的窗戶；因為環繞學堂半里而外全是臭水溝，無論刮東西南北風，永遠是臭氣襲人。不准開窗以絕惡臭，於是五十多個學生噴出的炭氣，比遠遠吹來的臭氣更臭。第二是學生一切用品點心都不准在學堂以外的商店去買；老張的立意是在增加學生愛校之心。第三不准學生出去說老張賣鴉片。因為他只在附近煙館被官廳封禁之後，才作暫時的接濟；如此，危險既少，獲利又多；至於自覺身分所在不願永遠售賣煙土，雖非主要原因，可是我們至少也不能不感謝老張的熱心教育。

老張的地位：村裡的窮人都呼他為「先生」。有的呢，把孩子送到他的學堂，自然不能不尊敬他。有的呢，遇著開殃榜，批婚書，看風水，……要去求他，平日也就不能不有相當的敬禮。富些的人都呼他為「掌櫃的」，因為他們日用的油鹽醬醋之類，不便入城去買，多是照顧老張的。德勝汛衙門裡的人，有的呼他為「老爺」，有的叫他「老

1. 德勝汛，「汛」讀「訓」，清時北京軍隊或防地名稱。「德勝汛」即駐防德勝門外的軍隊。北京入民國後，仍沿用各汛名稱。北郊德勝門外仍稱「德勝汛」。

張」，那要看地位的高低；因為老張是衙門裡掛名的巡擊。稱呼雖然不同，而老張確乎是鎮裡——二郎鎮——一個重要人物！老張要是不幸死了，比丟了聖人損失還要大。因為那個聖人能文武兼全，陰陽都曉呢？

老張的身材按營造尺是五尺二寸，恰合當兵的尺寸。不但身量這麼適當，而且腰板直挺，當他受教員檢定的時候，確經檢定委員的證明他是「脊椎動物」。紅紅的一張臉，微點著幾粒黑痣；按《麻衣相法》說，主多才多藝。兩道粗眉連成一線，黑叢叢的遮著兩隻小豬眼睛。一隻短而粗的鼻子，鼻孔微微向上掀著，好似柳條上倒掛的鳴蟬。一張薄嘴，下嘴唇往上翻著，以便包著年久失修漸形垂落的大門牙，因此不留神看，最容易錯認成一個夾餡的燒餅。左臉高仰，右耳幾乎扛在肩頭，以表示著師位的尊嚴。

批評一個人的美醜，不能只看一部而忽略全體。我雖然說老張的鼻子像鳴蟬，嘴似燒餅，然而決不敢說他不好看。從他全體看來，你越看他嘴似燒餅，便越覺得非有鳴蟬式的鼻子配著不可。從側面看，有時鼻窪的黑影，依稀的像小小的蟬翅。就是老張自己對著鏡子的時候，又何嘗不笑吟吟的誇道：「鼻翅掀著一些，哼！不如此，怎能叫婦人們多看兩眼！」

# 第二

那是五月的天氣，小太陽撅著血盆似的小紅嘴，忙著和那東來西去的白雲親嘴。有的唇兒一挨慌忙的飛去；有的任著意偎著小太陽的紅臉蛋；有的化著惡龍，張著嘴想把她一口吞了；有的變著小綿羊跑著求她的青眼。這樣豔美的景色，可惜人們卻不曾注意，那倒不是人們的錯處，只是小太陽太嬌羞了，太潑辣了，把要看的人們曬的滿臉流油。於是富人們支起涼棚索興不看；窮人們倒在柳蔭之下作他們的好夢，誰來惹這個閒氣。

一陣陣的熱風吹去的柳林蟬鳴，荷塘蛙曲，都足以增加人們暴燥之感。詩人們的幽思，在夢中引逗著落花殘月，織成一片閒愁。富人們乘著火豔榴花，藕黃小蝶，增了幾分雅趣。老張既無詩人的觸物興感，又無富人的及時行樂；只伸著右手，仰著頭，數院中杏樹上的紅杏，以備分給學生作為麥秋學生家長送禮的提醒。至於滿垂著紅杏的一株半大的杏樹，能否清清楚楚數個明白，我們不得而知，大概老張有些把握。

「咳！老張！」老張恰數到九十八上，又數了兩個湊成一百，把大拇指捏在食指的第一節上，然後回頭看了一看。這輕輕的一捏，慢慢的一轉，四十多年人世的經驗！

「老四，屋裡坐！」

「不！我還趕著回去，這兩天差事緊的很！」

「不忙，有飯吃！」老張搖著蓄滿哲理的腦袋，一字一珠的從薄嘴唇往外蹦。

「你盟兄李五才給我一個電話，新任學務大人，已到老五的衙門，這就下來，你快預備！我們不怕他們文面上的，可也不必故意冷淡他們，你快預備，我就走，改日再見。」那個人一面擦臉上的汗，一面往外走。

「是那位大……」老張趕了兩步，要問個詳細。「新到任的那個。反正得預備，改天見！」那個人說著已走出院外。

老張自己冷靜了幾秒鐘，把腦中幾十年的經驗匆匆的讀了一遍，然後三步改作兩步跑進北屋。

「小三！去叫你師娘預備一盆茶，放在杏樹底下！快！小四！去請你爹，說學務大人就來，請他過來陪陪。叫他換上新鞋，聽見沒有？」

小三，小四一溜煙似的跑出屋外。

「你們把《三字經》，《百家姓》收起來，拿出《國文》，快！」

「《中庸》呢？」

「費話！舊書全收！快！」這時老張的一雙小豬眼睜得確比豬眼大多了。

「今天把國文忘了帶來，老師！」

「該死！不是東西！不到要命的時候你不忘！《修身》也成！」

「《算術》成不成？」

「成！有新書的就是我爸爸！」老張似乎有些急了的樣子。

「王德！去拿掃帚把杏樹底下的葉子都掃乾淨！李應！你是好孩子，拿條濕手巾把這群墨猴的臉全擦一把！快！」

拿書的拿書；掃地的掃地；擦臉的擦臉；乘機會吐舌頭的吐舌；擠眼睛的擠眼；亂成一團，不亞於遭了一個小地震。老張一手摘黑板上掛著的軍帽往頭上戴，一手掀著一本《國文》找不認識的字。

「王德！你的字典？」

「書桌上那本紅皮子的就是！」

「你瞎說！該死！我怎麼找不著？」

「那不是我的書桌，如何找得到！」王德提著掃帚跑進來，把字典遞給老張。

「你們的書怎樣？預備好了都出去站在樹底下！王德快掃！」老張一手按著字典向窗下看了一眼。「哈哈！叫你掃杏葉，你偷吃我的杏子。好！現在沒工夫，等事情完了咱們算帳！」

「不是我有意，是樹上落下來的，我一抬頭，正落在我嘴裡。不是有心，老師！」

「你該死！快掃！」

「你一萬個該死！你要死了，就把杏子都吃了！」王德自己嘟囔著說。

王德掃完了，茶也放在杏樹下，而且擺上經年不用的豆綠茶碗十二個。小四的父親也過來了，果然穿著新緞鞋。

老張查完字典，專等學務大人駕到，心裡越發的不鎮靜。

「王德！你在門口去瞭望。看見轎車或是穿長衫騎驢的，快進來告訴我。臉朝東，就是有黃蜂螫你的後腦海，也別回頭！聽見沒有？」

「反正不是你腦袋。」王德心裡說。

「李應！你快跑，到西邊冰窖去買一塊冰；要整的，不要碎塊。」

「錢呢？」

「你衣袋裡是什麼？小孩子一點寬宏大量沒有！」老張顯示著作先生的氣派。

李應看了看老張，又看了看小四的父親——孫八爺——一語未發，走出去。

這時候老張才想起讓孫八爺屋裡去坐，心裡七上八下的勉強著和孫八爺閒扯。

孫八爺看著有四十上下的年紀，矮矮的身量，圓圓的臉。一走一聳肩，一高提腳踵，為的是顯著比本來的身量高大而尊嚴。兩道稀眉，一雙永遠發睏的睡眼；幸虧有只高而正的鼻子，不然真看不出臉上有「一應俱全」的構造。一嘴的黃牙板，好似安著「磨光退色」的金牙；不過上唇的幾根短鬚遮蓋著，還不致金光普照。一件天藍洋緞的長袍，罩著一件銅鈕寬邊的米色坎肩，童叟無欺，一看就知道是鄉下的土紳士。

不大的工夫，李應提著一塊雪白的冰進來。老張向孫八說：

「八爺來看看這一手，只准說好，不准發笑！」

孫八隨著老張走進教室來。老張把那塊冰接過來，又找了一塊木板，一齊放在教室東牆的洋火爐裡，打著爐口，一陣陣的往外冒涼氣。

「八爺！看這一手妙不妙？洋爐改冰箱，冬暖夏涼，一物兩用！」老張挑著大拇指，把眼睛擠成一道縫，那條笑的虛線從臉上往裡延長，直到心房上，撞的心上癢了一癢，才算滿足了自己的得意。

原來老張的洋爐，爐腔內並沒有火瓦。冬天擺著，看一看就覺得暖和。夏天遇著大典，放塊冰就是冰箱。

孫八看了止不住的誇獎：「到底你喝過墨水，肚子裡有貨！」

正在說笑，王德飛跑的進來，堵住老張的耳朵，霹靂似的嚷了一聲「來了！」

同時老張王德一人出了一身情感不同而結果一樣的冷汗！

# 第三

門外拍拍的撣鞋的聲音，孫八忙著迎出來，老張扯開喉嚨叫「立——正！」五十多個學生七長八短的排成兩行。小三把左腳收回用力過猛，把腳踵全放在小四的腳指上，「哎喲！老師！小三立正，立在我腳上啦！」

「向左——轉！擺隊相——迎！」號令一下，學生全把右手放在眉邊，小四痛的要哭，又不敢哭，只把手遮著眼睛隔著眼淚往外看。前面走的他認識是衙門的李五，後面的自然是學務大人了。

「不用行禮，把手放下，放下，放下！」學務大人顯著一萬多個不耐煩的樣子。學生都把手從眉邊摘下來。老張補了一句：「禮——畢！」

李五遞過一張名片，老張低聲問：「怎樣？」李五偷偷的應道：「好說話。」

「大人東屋坐，還是到講堂去？」老張向學務大人行了個舉手禮。

「李先生，你等我一等，我大概看看就走。行家一過眼，站在學堂外邊五分鐘，就知道辦的好壞，那算門裡出身。」學務大人聳著肩膀，緊著肚皮，很響亮的嗽了兩聲，然後鼓著雙腮，只轉眼珠，不扭脖項的往四外一看。把一口痰用舌尖卷成一個滑膩的圓彈，好似由小唧筒噴出來的唾在杏樹底下。拿出小手巾擦了擦嘴，又順手擦擦鼻凹的汗。然後自言自語的說：「哼！不預備痰盂！」

「那麼老五，八爺，你們哥倆個東屋裡坐，我伺候著大人。」老張說。

「不用『大人』『大人』的！『先生』就好！新辦法新稱呼，比不得七八年前。把學生領到『屋裡』去！」

「是！到『講堂』去？」

「講堂就是屋裡，屋裡就是講堂！」學務大人似乎有些不滿意老張的問法。

「是！」老張又行了一個舉手禮。「向左——轉！入講——堂！」

學生把腳抬到過膝，用力跺著腳踵，震得地上冬冬的山響，向講堂走來。

老張在講台上往下看，學生們好似五十多根小石樁。俏皮一點說，好似五十多尊小石佛；瞪著眼，努著嘴，挺著脖子，直著腿。也就是老張教授有年，學務大人經驗宏富，不然誰吃得住這樣的陣式！五十多個孩子真是一根頭髮都不動，就是不幸有一根動的，也聽得見響聲。學務大人被屋裡濃厚的炭氣堵的，一連打了三個噴嚏；從門袋裡掏出日本的「寶丹」，連氣的往鼻子裡吸，又拿出手巾不住的擦眼淚。老張利用這個機會，才看了看學務大人：學務大人約有四十五六歲的年紀。一張黑黃的臉皮，當中鑲著白多黑少的兩個琉璃球。一個中部高崎的鷹鼻，鼻下掛著些乾黃的穗子，遮住了嘴。穿著一件舊灰色官紗袍，下面一條河南綢做的洋式褲，繫著褲腳。足下一雙短筒半新洋皮鞋，露著本地藍市布家做的襪子。乍看使人覺著有些光線不調，看慣了更顯得「新舊咸宜」，「允執厥中」。或者也可以說是東西文化調和的先聲。

老張不敢細看，打開早已預備好的第三冊《國文》，開始獻技。

「《新國文》第三課，找著沒有？」

「找著了！」學生都用最高的調子喊了一聲。

「聽著！現在要『提示注意』。」老張順著教授書的程序往下念。

「王德！把腰挺起來！那是『體育』，懂不懂？」

王德不懂，只好從已然板直的腰兒，往無可再直裡挺了一挺。

「聽著！現在要『輸入概念』。這一課講的是燕子，燕子候鳥也。候鳥乃鳥中之一種，明白不明白？」

「明白呀！老師！」學生又齊喊了一聲。小三差一點把舌尖咬破，因為用力過猛。

「不叫『老師』，叫『先生』！新事新稱呼，昨天告訴你們的，為何不記著？該……該記著！」老張接續講下去：「燕子自北海道飛過小呂宋，渡印度洋而至特耳其司坦，此其所以為候鳥，明白不明白？」

「明白！老師，啊……啊……先生！」這一次喊的不甚齊整。

學務大人把一支鉛筆插在嘴裡，隨著老張的講授，一一記在小筆記本上。寫完一節把舌頭吐在唇邊，預備往鉛筆上沾唾液再往下寫。寫的時候是鉛筆在舌上觸兩下，寫一個字。王德偷著眼看，他以為大人正害口瘡；而小三——學務大人正站在他的右邊——卻以為大人的鉛筆上有柿霜糖。

「張先生，到放學的時候不到？」老張正待往下講書，學務大人忽然發了話。

「差二十分鐘，是！」

「你早些下堂，派一個大學生看著他們，我有話和你說。」

「是！李應，你看著他們念書！立——正！行——禮！」

學生們都立起來，又把手擱在眉邊，多數乘著機會抓了抓鬢邊的熱汗，學務大人一些也沒注意，大搖大擺的走出講堂。

「誰要是找死，誰就乘著大人沒走以前吵鬧！」老張一眼向外，一眼向裡，手扶著屋門，咬著牙根低聲而沉痛的說。

大人來到東屋，李五，孫八立起來。孫八遞過一碗茶，說：「辛苦！多辛苦！大熱的天，跑這麼遠！」

「官事，沒法子！貴姓？」大人呷了一口茶，咕嚕咕嚕的嗽口。嗽了半天，結果，咽下去了。

「孫八爺，本地的紳士。」老張替孫八回答，又接著說：「今天教的好壞，你老多原諒！」

「教授的還不錯，你的外國地名很熟，不過不如寫在黑板上好。」大人很鄭重的說。

「不瞞先生說，那些洋字是跟我一個盟兄學的。他在東交民巷作六國翻譯。據他說，念外國字只要把平仄念調了，準保沒錯。」老張又一擠眼，自外而內的一笑。

「何必你盟兄說，那個入過學堂的不曉得中西文是一理。」大人掏出煙斗擰上了一袋煙，一面接著問：「一共有多少學生？」

「五十四名。是！今天有兩個告假的：一個家裡有喪事，一個出『鬼風疹』。」

大人寫在筆記本上。

「一年進多少學費？」

「進的好呢，一年一百五十元；不好呢，約合一百元的光景。」

大人寫在筆記本上，然後問：「怎麼叫進的好不好？」

老張轉了轉眼珠，答道：「半路有退學的，學費要不進來，就得算打傷耗。」

「嘔！教科書用那一家的，商務的還是中華的？」

「中華書局的！是！」

大人寫在筆記本上。把鉛筆含在口內，像想起什麼事似的。慢慢的說：「還是用商務的好哇，城裡的學堂已經都換了。」

「是！明天就換！明天就換！」

「不是我多嘴，按理說『中華』這個字眼比『商務』好聽。前幾天在城裡聽宣講，還講『中華大強國』，怎麼現在又不時興了呢？」孫八侃侃的說著。

「你怎能比大人懂的多，那一定有個道理。」老張看看孫八，又看了看大人。

大人咳嗽了兩聲，把手巾掩著嘴像要打哈欠，不幸卻沒打成。

「官事隨時變，」李五乘機會表示些當差的經驗：「現在不時興，過二年就許又復原。當差的不能不隨著新事走。是這樣說不是？大人！」

「是！是極了！張先生！不是我在你面前賣好，錯過我，普天下察學的，有給教員們出法子的沒有？察學的講究專看先生們的縫子，破綻……」

「大人高明，」李五，孫八一齊說。

「不過，」大人提高了嗓子說：「張先生，有一件事我不能不挑你的錯。」

李五，孫八都替老張著急。老張卻還鎮靜，說：「是！先生指教！」

「你的講台為什麼砌在西邊，那是『白虎台』，主妨尅學生家長。教育乃慈善事業，怎能這樣辦呢！」大人一字一板的說。

「前任的大人說什麼教室取左光，所以我把講台砌在西邊。實在說，我還懂一點風水陰陽。上司的命令不敢不遵，先生還得多原諒！」

「不用說前任的話，他會辦事，還不致撤了差。不過我決不報上去。要是有心跟你為難，我就不和你當面說了，是不是？」大人笑了，李五，孫八也笑了。

大人又呷了一口茶，立起來。李五，孫八也立起來，只是老張省事，始終就沒坐下。

「天熱，多休息休息。」孫八說。

「不！下午還打算趕兩處。李先生！」

「大人！」李五臉笑的像小酒醉螃蟹似的。

「我們上五里墩，還是黃魚店？」

「大人請便，守備派我護送大人，全聽大人的吩咐！」

「老五！好好伺候大人，我都得請你喝茶，不用說大人……」老張要說又吞回去了。

「黃魚店罷！」大人似乎沒注意老張說什麼。

「大人多美言！老五，你領著大人由王家村穿東大屯由吳千總門口走，那一路都是柳樹，有些遮掩，日光太毒。」老張說。

大人前面走，孫八跟著不住的道「辛苦」。李五偷偷的扯著老張的袖子，伸了伸大指，老張笑了。

# 第四

孫八告辭回家。老張立在門外，直等學務大人和李五走進樹林，才深深的喘了一口氣走進來。學生們在樹底下擠熱羊似的搶著喝茶。屋裡幾個大學生偷著砸洋爐裡要化完的那塊冰。

「哈哈！誰的主意喝我的茶！」老張照定張成就打。

「老師！不是我的主意，是小四頭一個要喝的！」張成用手遮著頭說。

「小四要喝？他拿多少學錢，你拿多少？他吃大米，你吃棒子麵！喝茶？不怕傷了你的胃！都給我走進去！」老張看了看茶盆，可憐大半已被喝去。老張怒沖沖的走進教室，學生又小石樁一般的坐好。王德的嘴還滿塞著冰渣。

「小三，小四，卜鳳，王春，……你們回家去吃飯！對家裡說，學務大人來了，老師給大人預備的茶水點心，給學生泡的小葉茶，叫家裡看著辦，該拿多少拿多少。大人察的是你們的學問，老師不能幹賠錢。聽明白沒有？去罷！」

小三們夾起書包，小野鹿似的飛跑去了。

「你們怎麼樣？是認打，認罰？」

「回家對父親說，多少送些東西給老師！」七八個學生一齊說。

「說個準數，別含糊著，親是親，財是財！」

「老師！我們要是說了，父親遇上一時不方便呢？」幾個大學生說。

「不方便？起初就別送學生來念書！要念書，又要省錢，作老師的怎那麼天生的該餓死！不用費話，怕打的說個數目，身上發癢的，板子現成！」

老張把軍帽摘下來，照舊掛在掛黑板的帽釘上。脫了長袍，把小汗衫的袖子高高挽起。一手拿起教鞭，一手從講桌深處扯出大竹板。掄了掄教鞭，活動活動手腕。半惱半笑的說：

「給我個乾脆！燒香的還願，跳山澗的也還願，錢是你們的，肉也是你們的。願打，願罰，快著定！一寸光陰一寸金，耽誤我的光陰，你們賠得起黃金嗎？」

五六個心慈面善的學生，覺得大熱的天吃板條，有些不好意思。他們立起來，有認從家裡拿一隻小雛雞的；有認拿五百錢的；老張一一記在帳本上，放他們回家。其餘的學生認清了：到家要錢也是挨打，不如充回光棍賣給老張幾下。萬一老張看著人多，也許舉行一回大赦呢。

打人就要費力氣，費力氣就要多吃飯，多吃飯就要費錢，費錢就是破壞他的哲學，老張又何嘗愛打人呢？但是，這次不打，下次就許沒有一個認罰的，豈不比多吃一碗飯損失的更大？況且，萬一打上心火來，吃不下東西，省一兩碗飯也未可知。於是學生們的萬一之望，敵不過哲學家萬一之望，而要充光棍的少年們苦矣！

學生們紛紛擦拳磨掌，增高溫度，以備抵抗冰涼鐵硬的竹板。有的乾乾的落淚，卻不哭喊出來。老張更怒了：「好！你是不服我呀！」於是多打了三板。有的還沒走到老張跟前早已痛哭流涕的央告起來。老張更怒了：「好！你拿眼淚軟我的心，你是有意罵我！」於是多打了三板。有的低聲的哭著，眼淚串珠般的滾著。老張更怒了：「好！你想半哭半不哭的騙我，狡猾鬼！」於是又打了三板。

老張和其他的哲學家一樣，本著他獨立不倚的哲學，無論如何設想，是不會矛盾的。學生們隨打隨走，現在只剩下李應和王德二個，李應想：「我是大學長，自然不會挨打，何況我已給他買了一塊冰？」王德呢，自知吃杏子，吃冰等罪案，是無可倖免的，把手搓的鮮紅，專備迎敵。

「李應！你怎樣？」老張放下竹板，舒展著自己的手腕。

「我不知道！」李應低著頭說。

「你以為我不打大學長嗎？你不攔著他們喝茶，吃冰，是你的錯處不是？」

「茶本來是該喝的，冰是我買的，錯不錯我不知道。」李應把臉漲紅，理直氣壯的說。

「哈哈……」老張狂笑了一陣，這回確是由內而外的笑，惟其自內而外，是最難測定是否真笑，因為哲學家的情感是與常人不同的。

「你不錯，我錯，我要打你！」老張忽然停住了笑聲，又把竹板拾起來。

「我要是告退不念呢，叔父不允許。」李應自己想：「叫他打呢，有什麼臉去見人。」

「我告退不念了！」李應想來想去，覺得叔父怎樣也比老張好說話。

「什麼？不念了？你要不念就不念！」

「我叔父不叫我念書了！」李應明知自己說謊，可是捨此別無搪塞老張的話。

「你叔父？嘔！你叔父！去，叫你叔父把咱老張的錢連本帶利今天都還清，你是愛念不念！」

李應明白了！明白一切的關係！眼淚止不住的流下來。

「哭？會哭就好！」老張用板子轉過去指著王德：「你怎麼樣？」

「看著辦，好在誰也沒吃板條的癮。」王德笑嘻嘻的說。

王德慢慢的走過去，老張卻把板子放下了。王德倒吃了一驚，心裡說：「老手要是走運，老屁股許要糟糕。」繼而又想到：「好在一家人，也該叫老屁股替老手一回了。反正你們挨打，疼都在我心上，樂得不換換地方呢！」王德永遠往寬處想，一這樣想，心裡立覺痛快，臉上就笑出來，於是他笑了。

「王德！你跟我到東屋去！」

「我倒不挑選地方挨打。也別說，東屋也許比西屋涼爽一些。」王德說畢，隨著老張往東屋走。老張並沒拿著板子。

「王德，你今年十幾歲？」老張坐下，仰著臉把右手放在鬢邊。

「我？大概十九歲，還沒娶媳婦，好在不忙。」

「不要說廢話，我和你說正經事。」老張似乎把怒氣全消了。

「娶媳婦比什麼也要緊，也正經。要是說娶妻是廢話，天下就沒有一句正經話。」

王德一面說著，一面找了一條凳子坐下。

「你知道李應的家事不知道？」老張閉著一隻眼問。

「我知道他叔父也姓李。」

「別的呢？」

「我還沒研究過。」王德說完，哈哈的笑起來。他想起二年前在《國文》上學了「研究」兩個字，回家問他父親：「咱們晚飯『研究』得了沒有？」被他父親一掌打在臉上，至今想起來還覺得乾辣辣的發燒。父親不明白兒子說「研究」，你說可笑不可笑。王德越發笑的聲音高了。

「你是非打不可，有什麼可笑呢？」

「是可笑！人要把鼻子倒長著，下雨的時候往嘴裡灌水，難道不可笑？人要把鬍子長在手掌上，長成天然小毛刷子，隨便刷衣裳，難道不可笑？挨打是手上疼，管不著心裡笑！」

「你不知道李應家裡的事？」老張早知道王德是寧挨打不止笑的人物，不如聽著他笑。

「我不知道。」

「好！你今年十九，李應也十九；他可以作大學長，你為何不可以？假如我要派你作大學長，你幹不幹？」

王德和李應是最好的學友，他只有一件事不滿意李應，就是李應作大學長。王德以為凡是老人都可恨，他的父親因為他說「研究」就打得他臉上開花。老人，在王德想，就是專憑勢力不懂人情的老古董。除了老人要算年青而學老人行為的為可惡。街坊邳三年青青的當軍官，打部下的兵丁比父親打兒子還毒狠。城裡的錢六才二十多歲，就學著老人娶兩個媳婦。邳三，錢六該殺！至於李應呢，歲數不大，偏板著面孔替老張吹鬍子瞪眼睛的管束同學。如今老張要派王德作大學長，他自己笑著說：「王德！還沒娶媳婦，就作大學長，未免可笑，而且可殺！」王德於是突然立起來，往外就走。

「你別走！」老張把他攔住。「有你的好處！」

「有什麼好處？」

「你聽著，我慢慢對你說。」老張把王德又推在小凳上。「你要當大學長，我從此不打你。可是你得幫我算鋪子的帳目。」

王德滴溜溜的轉著兩隻大眼睛，沒有回答。

「還有好處！你現在拿多少學錢，每天領多少點心錢？」

「學錢每月六吊，點心錢不一定，要看父親的高興不高興。」

「是啊！你要是作大學長，聽明白了，可是幫我算帳，我收你四吊錢的學費。」

「給父親省兩吊錢？」

「你不明白，你不用對你父親說，每月領六吊錢，給我四吊，那兩吊你自己用，你看好不好？」

「不告訴父親？他要是知道了，你替我挨打？」王德又笑了：設若父親照打我一般的打老張一頓，多麼有趣。

「你我都不說，他怎會知道，不說就是了！」

「嘴裡不說，心裡難過！」

「不會不難過？」

「白天不說，要是夜裡說夢話呢？」

「你廢話！」

「不廢話！你們老人自然不說夢話，李應也許不說，可是我夜夜說。越是白天不說的，夜間越說的歡。」

「少吃飯，多喝水，又省錢，又省夢！」

「省什麼？」

「省──夢！你看你師母，永遠不作夢。她餓了的時候，我就告訴她，『喝點水。』」

王德止不住又高聲笑起來。他想：「要是人人這樣對待婦女，過些年婦人不但只會喝水，而且變成不會作夢的動物。嘔！想起來了，父親常說南海有『人頭魚』，婦人頭，魚身子，不用說，就是這種訓練的結果。可是人頭魚作夢不作？不知道！父親？也許不知道。哼！還是別問他，問老人不知道的事情，結果是找打嘴巴！」

「王德！我沒功夫和你廢話，就這麼辦！去，家去吃飯！」老張立起來。

「這裡問題太多，」王德屈指一一的算：「當大學長，假充老人，騙父親的錢，幫你算帳，多喝水，少吃飯，省錢省夢，變人頭魚！……不明白，我不明白！」

「明白也這麼辦，不明白也這麼辦！去！滾！」

王德沒法子，立起來往外走。忽然想起來：「李應呢？」

「你管不著！我有治他的法子！去！」

# 第五

老張把李應，王德的事，都支配停妥，呷了一口涼茶。茶走下去，肚裡咕碌碌的響了一陣。「老張你餓了！」他對自己說：「肚子和街上的乞丐一樣，永遠是虛張聲勢，故作醜態。一餓就吃，以後他許一天響七八十次。」他按了按肚皮：「討厭的東西，不用和我示威，老張有老張的辦法！」命令一下，他立刻覺得精神勝過肉體，開始計畫一切：

「今天那兩句『立正』叫得多麼清脆！那些鬼子地名說的多麼圓熟！老張！總算你有本事！……」

「一百四，加節禮三十，就是一百七。小三的爹還不送幾斗穀子，夠吃一兩個月的。學務大人看今天的樣子總算滿意，一報上去獎金又是三十。一百七，加三十就是二百，——二百整！鋪子決不會比去年賺的少，雖然還沒結帳！……」

「李應的叔父欠的債，算是無望，辭了李應叫他去挑巡擊[2]，坐地扣，每月扣他餉銀兩塊，一年又是二十四。李應走後，王德幫咱算帳，每月少要他兩吊錢，可是省找一個小徒弟呢。狠心罷！捨兩吊錢！……」

他越想越高興，越高興肚子越響，可是越覺得沒有吃飯的必要！於是他跑北屋，拿起學務大人的那張名片細看了一看。那張名片是紅紙金字兩面印的。上面印的字太多，所以老張有幾個不認識，他並不計較那個；又不是造字的聖人，誰能把《字典》上的字全認得？

名片的正面：

「教育講習所」修業四月，參觀昌平縣教育，三等英美煙公司銀質獎章，前十一師二十一團炮營見習生，北京自治研究會會員，北京青年會會員，署理京師北郊學務視察員，上海《消閒晚報》通信員。南飛生，旁邊注著英文字：Nan Fi Sheng。

背面是：

2. 挑巡擊，當巡擊兵。因當兵要經過挑選。習稱「挑巡擊」。

字雲卿，號若艇，投稿署名亦雨山人。借用電話東局1015。拜訪專用。

「這小子有些來歷！」老張想：「就憑這張名片，印一印不得一塊多錢?!老張你也得往政界上走走啊！有錢無勢力，是三條腿的牛，怎能立得穩！……」

「哼！有來歷的人可是不好鬥，別看他嘻皮笑臉的說好話，也許一肚子鬼胎！書用的不對，講台是『白虎台』，院裡沒痰盂……照實的報上去，老張你有些吃不住哇！」

老張越想越悲觀，白花花的洋錢，一塊擠著一塊雪片似的從心裡往外飛。「報上去了！『白虎台』，舊教科書，獎金三十塊飛了！公文下來，『一切辦法，有違定章，著即停辦！』學生們全走了，一百四加節禮三十，一百七飛了！……」

老張滿頭冷汗，肚裡亂響，把手猛的向桌上一拍，喊：「飛了！全飛了！」

「沒有，就飛了一隻！」窗外一個女人有氣無力的說。

「什麼飛了？」

「我在屋裡給你作飯，老鷹拿去了一隻！」窗外的聲音低微得好似夢裡聽見的怨鬼悲歎。

「一隻什麼？」

「小雞！」窗外嗚咽咽的哭起來。

「小雞！小雞就是命，命就是小雞！」

「我今天晚上回娘家，把我哥哥的小雞拿兩隻來，成不成？」

「你有哥哥？你恐嚇我？好！學務大人欺侮我，你也敢！你滾蛋！我不能養著：吃我，喝我的死母豬！」

老張跑出來，照定那個所謂死母豬的腿上就是一腳。那個女人像燈草般的倒下去，眼睛向上翻，黃豆大的兩顆淚珠，嵌在眼角上，閉過氣去。

這時候學生吃過午飯，逐漸的回來；看見師母倒在地上，老師換著左右腿往她身上踢，個個白瞪著眼，像看父親打母親，哥哥打嫂子一樣的不敢上前解勸。

王德進來了，後面跟著李應。（他們並沒回家吃飯，只買了幾個燒餅在學堂外面一邊吃，一邊商議他們的事。）王德一眼看見倒在地下的是師母，登時止住了笑，上前就要把她扶起來。

「王德你敢！」老張的薄片嘴緊的像兩片猴筋似的。

「師母死啦！」王德說。

「早就該死！死了臭塊地！」

王德真要和老張宣戰了，然而他是以笑為生活的，對於打架是不大通曉的。他渾身顫著，手也抬不起來，腿在褲子裡轉，而且褲子像比平日肥出一大塊。甚至話也說不出，舌頭頂著一口唾沫，一節一節的往後縮。

王德正在無可如何，只聽拍的一聲，好似從空中落下來的一個紅楓葉，在老張向來往上揚著的左臉上，印了五條半紫的花紋。李應！那是李應！

王德開始明白：用拳頭往別人身上打，而且不必挑選地方的，謂之打架。於是用盡全身力量喊了一聲：「打！」

老張不提防臉上熱辣辣的挨了一掌，於是從歷年的經驗和天生來的防衛本能，施展全身武藝和李應打在一處。王德也掄著拳頭撲過來。

「王德！」李應一邊打一邊嚷：「兩個打一個不公道，我要是倒了，有膽子你再和他幹！」

王德身上不顫了，臉上紅的和樹上的紅杏一樣。聽見李應這樣說，一面跑回來把師母攙起來，一面自己說：「兩個打一個不公道，男人打女人公道嗎？」

小三，小四全哭了，大些的學生都立著發抖。門內站滿了閒人，很安詳而精細的，看著他們打成一團。

「多辛苦！多辛苦！李應放開手！」孫八爺從外面飛跑過來拚命的分解。「王德！過來勸！」

「不！我等打接應呢！」王德拿著一碗冷水，把幾粒仁丹往師母嘴裡灌。

「好！打得好！」老張從地上爬起來，撣身上的土。李應握著拳一語不發。

「李應！過來灌師母，該我和他幹！」王德向李應點手。

老張聽王德這樣說倒笑了。孫八爺不知道王德什麼意思，只見他整著身子撲過來。

「王德你要作什麼？」孫八攔住他。

「打架！」王德說：「兩個打一個不公道，一個打完一個打！」

「車輪戰也不公道！你們都多辛苦！」孫八把王德連推帶抱的攔過去。又回頭對老張說：「張先生你進屋裡去，不用生氣，小孩子們不知事務。」然後他又向看熱鬧的人們說：「諸位，多辛苦！先生責罰學生，沒什麼新奇，散散罷！」

老張進西屋去，看熱鬧的批評著老張那一腳踢的好，李應那一捏脖子捏的妙，紛紛的散去。

孫八又跑到張師母跟前說：「大嫂！不用生氣，張先生是一時心急。」

張師母已醒過來，兩眼呆呆的看著地，一手扶著王德，一手托著自己的頭，顫作一團。

「八爺！不用和她費話！李小子你算有膽氣！你，你叔父，一個跑不了！你十九，我四十九，咱們睜著眼看！」老張在屋裡嚷。

「閉著眼看得見？廢話！」王德替李應反抗著老張。

「好王德，你吃裡爬外，兩頭漢奸，你也跑不了！」

「姓張的！」李應靠在杏樹上說：「拆你學堂的是我，要你命的也是我，咱們走著看！」

「拆房不如放火熱鬧，李應！」王德答著腔說。他又恢復了他的笑的生活：一來見師母醒過來，沒真死了；二來看李應並沒被老張打傷；三來覺得今天這一打，實在比平日學生挨打有趣得多。

「你們都辛苦！少說一句行不行？」孫八遮五蓋六的勸解。「大嫂你回家住一半天去，王德你送你師母去！李應你暫且回家！你們都進屋去寫字！」孫八把其餘的學生全叫進教室去。王德，李應扶著師母慢慢的走出去。

# 第六

第二天早晨，王德歡歡喜喜領了點心錢，夾起書包上學來，他走到已經看見了學堂門的地方，忽然想起來：「老張忘了昨天的事沒有？老張怎能忘？」他尋了靠著一株柳樹的破石樁坐下，石樁上一個大豆綠蛾翩翩的飛去，很謙虛的把座位讓給王德。王德也沒心看，只顧想：「回家？父親不答應。上學？老張不好惹。師母？也許死了！——不能！師母是好人；好人不會死的那麼快！……」

王德平日說笑話的時候，最會想到別人想不到的地方。作夢最能夢見別人夢不到的事情。今天，腦子卻似枯黃的麥莖，只隨著風的扇動，向左右的擺，半點主意也沒有。柳樹上的鳴蟬一聲聲的「知了」！「知了」！可是不說「知道了什麼」。他於是立起來坐下，坐下又起來，路上趕早市和進城作生意的人們，匆匆的由王德面前過去，有的看他一眼，有的連看也不看，好像王德與那塊破石樁同樣的不惹人注意。

「平日無事的時候，」王德心裡說：「鳥兒也跟你說話，花草也向著你笑，及至你要主意的時候，什麼東西也沒用，連人都算在其內。……對，找李應去，他有主意！萬一他沒有？不能，他給我出過幾回主意都不錯！」

王德立起來，嘴裡嘟嘟囔囔的向西走去，平日從學堂到李應家裡，慢慢的走有十分鐘也到了；今天王德走了好似好幾十個十分鐘，越走像離著越遠。而且不住的回頭，老覺著老張在後面跟著他。

他走來走去，看見了：李應正在門外的破磨盤上坐著。要是平日，王德一定繞過李應的背後，悄悄的用手蓋上李應的眼，叫他猜是誰，直到李應猜急了才放手。今天王德沒有那個興趣，從遠遠的就喊：「李應！李應！我來了！」

李應向王德點了點頭，兩個人彼此看著，誰也想不起說話。

「王德，你進來看看叔父好不好？」倒是不愛說話的李應先打破了這個沉寂。

李應的家只有北屋三間，一明兩暗。堂屋靠牆擺著一張舊竹椅，孤獨的並沒有別的東西陪襯著。東里間是李應和他叔父的臥室，順著前簷一張小矮土炕，對面放著一條舊楠木條案，案上放著一個官窯五彩瓶和一把銀胎的水煙袋。炕上堆著不少的舊書籍。西里間是李應的姐姐的臥室，也是廚房。東西雖少，擺列得卻十分整潔。屋外圍著短籬，籬根種著些花草。李應的姐姐在城裡姑母家住的時候多，所以王德不容易看見她。

李應的叔父有五十多歲的年紀，看著倒像七八十歲的老人。黃黃的臉，雖洗得乾淨，只是罩著一層暗光。兩隻眼睛非常光銳，顯出少年也是精幹有為的。穿著一件舊竹布大衫，洗得已經褪了色。他正臥在炕上，見王德進來微微抬起頭讓王德坐下。待了一會兒，他叫李應把水煙袋遞給他，李應替他燃著紙撚，他坐起來一氣吸了幾袋煙。

「王德，」李應的叔父半閉著眼，說話的聲音像久病的人一樣的微細。「我明白你們的事，我都明白，然而……」

「昨天我們實在有理，老張不對！」王德說。

「有理無理，不成問題。昨天的事我都明白，不必再說。只是此後應該怎樣對付。現在這個事有幾層：你們的師母與老張；我與老張；你們兩個和老張。」李應的叔父喘了一口氣。「我的事我自有辦法；你們的師母我也替她想了　想。至於你們兩個，你們自然有你們自己的意見，我不便強迫你們聽我的囑咐。」他的聲音越說越弱，像對自己說一樣，王德，李應十分注意的聽著。「李應，你和王德出去，告訴他我昨天告訴你的話。」

王德起來要往外走。

「回來！你們也商議商議你們的事，回來我或者可以替你們決定一下。」他說完慢慢的臥下。兩個少年輕輕的走出去。

兩個走出來坐在磨盤上。

「你知道我叔父的歷史？」李應問。

「他作過知縣，我知道，因為和上司講理丟了官。」

「對！以後呢？」

「我不知道！」

「我也不知道，可是昨天叔父告訴我了，叔父自從丟了官，落得一貧如洗。他心灰意冷，無意再入政界，於是想經營一個買賣，自食其力的掙三頓飯吃。後來經人介紹，和老張借了二百塊錢，又借了一百，共總三百。這是叔父與老張的關係。」

「介紹人是城裡的衛四。」李應停頓了一會，接著說：「衛四後來就自薦幫助叔父經理那個小買賣。後來衛四和老張溝通一氣，把買賣拆到他自己手裡去，於是叔父可是無法逃出老張的債。叔父是個不愛錢的人，因為不愛錢就上了人家的暗算。我和我姐姐自幼跟著叔父，我的父母，我甚至於想不起他們的面貌。」李應說著，把嘴唇接著淚珠往嘴裡咽。「叔父決不會把我送在老張的學堂去讀書要不是欠老張的債。老張拿我當奴隸，現在我才知道，那是他強迫叔父答應他的。叔父昨天哭的說不出話，他明白，然而他……他老了，打不起精神去抵抗一切了！這是他最痛心的事，也就是他只求一死的原因！前幾天老張又和叔父說，叫我去挑巡擊，他的意思是把我送在那個腐敗衙門裡，他好從中扣我的錢。叔父明白這麼一辦，不亞如把我送入地獄，可是他答應了老張。他只求老張快離開他，他寧可死了，也不肯和老張說話，他不惜斷送一切，求老張快走。叔父是明白人，是好人，然而——老了！」

「我明白了！我們怎麼辦？」王德臉又漲紅。

「不用說『我們』，王德！你與老張沒惡感，何苦加入戰團？我決不是遠待你！」

「李應！我愛你，愛你叔父！不能不加入！我父親是受了老張的騙。他見了父親，總說：『快復辟了，王德的舊書可是不能放下，要是放下，將來恢復科考，中不了秀才，可就悔之晚矣！』我早就想不在那裡念書，然而沒有機會。現在我總算和老張鬧破了臉，樂得乘機會活動活動。我有我的志願，我不能死在家裡！」

「我明白你的志願，可是我不願你為我遭些困苦！」

「我們先不必爭執這一點，我問你，你打算作什麼？」

「我進城去找事！只要我能掙錢，叔父的命就可以保住！」

「找什麼事？」王德問。

「不能預料！」

「老張放你走不放？」

「不放，拚命！」

「好！我跟你進城！跟父親要十塊錢！」王德以為有十塊錢是可以在城裡住一年的。

「我一定要進城，你不必。」

「我有我的志願，我進城不是為你，還不成？」

兩個人從新想了許多方法，再沒有比進城找事的好，李應不願意同王德一齊進城，王德死說活說，才解決了。

他們一同進來見李應的叔父。

# 第七

「叔父！我們決定進城一同找事。」王德首先發言：「我要看看世界是什麼樣子，李應有找事的必要。兩個人一同去呢，彼此有個照應。」

「好！」李應的叔父笑了一笑。

「我所不放心的是老張不放李應走。」

「我是怕我走後，老張和叔父你混鬧。」

「你們都坐下，你們還是不明白這個問題的內容。老張不能不叫李應走，他也不能來跟我鬧。現在不單是錢的問題，是人！」

「自然我們都是人。」王德笑著說。

「我所謂的人，是女人！」

「自然張師母是女人！」

「王德！此刻我不願意你插嘴，等我說完，你再說。」李應的叔父怕王德不高興，向王德笑了一笑。然後他燃著紙撚，連氣吸了幾口煙。把煙袋放下，又和李應要了一碗冷水漱了漱口。立起來把水吐在一個破瓦盂內，順手整了整大衫的折縫。

「王德，李應，」李應的叔父看了看那兩個少年，好像用眼光幫助他表示從言語中表示不出來的感情。「現在的問題是一個女人。李應！就是你的姐姐！」

李應不由的立起來，被叔父眼光的引領，又一語未發的坐下。

「不用暴躁，聽我慢慢的說！」那位老人接續著說：「張師母是她哥哥賣給老張的，這是十幾年前的事，他欠老張的債，所以她就作了折債的東西。她現在有些老醜，於是老張想依法炮製買你的姐姐，因為我也欠他的錢。他曾示意幾次，我沒有理他……我不是畜……李應！拿碗冷水來！」

他把頭低的無可再低，把一碗冷水喝下去，把碗遞給李應，始終沒抬頭。

「可是現在這正是你們的機會。因為在我不允許他的親事以前，他決不會十分毒辣，致使親事不成。那末，李應你進城，我管保老張不能不放你走。至於你們的師母，等老張再來提親的時候，我要求他先把她釋放，然後才好議婚。我想他一定要些個贖金，果然他吐這樣的口氣，那末，就是我們奪回你師母自由的機會。那個五彩瓶，」他並沒抬頭，只用手大概的向桌上指了一指。「是我寧挨餓而未曾賣掉的一件值錢的東西。李應，那是你父親給我的。你明天把那個瓶拿進城去，托你姑父賣出去，大概至少也賣一百塊錢。你拿二十元在城裡找事，其餘的存在你姑父那裡，等老張真要還你師母自由的時候，我們好有幾十元錢去贖她。她以後呢，自己再凍餓而死，我們無力再管，自然我們希望管。可是我們讓她死的時候明白，她是一條自由的身子，而不是老張的奴隸。你們師母要是恢復了她的自由，老張一定強迫我寫字據賣我的侄女。」

李應的叔父停住了話，把水煙袋拿起來，沒有吸煙，只不錯眼珠的看著煙袋。

「死是不可免的；我怕老張的笑聲，然而不怕死！」

「叔父！」李應打斷他叔父的話：「你不用說『死』成不成？」

老人沒回答。

「老張！你個……」王德不能再忍，立起來握著拳頭向東邊搖著，好像老張就站在東牆外邊似的。

「王德！坐下！」李老人呆呆的看著案上的五彩瓶。王德坐下了，用拳頭邦邦的撞著炕沿。

「我對不起人，對不起老張，欠債不還，以死搪塞，不光明，不英雄！」老人聲音更微細了，好像秋夜的細雨，一滴一滴的冷透那兩個少年的心情。「你們，王德，李應，記住了：好人便是惡人的俘虜，假如好人不持著正義和惡人戰爭。好人便是自殺的砒霜，假如好心只是軟弱，因循，怯懦。我自己無望了，我願意你們將來把惡人的頭切下來，不願意你們自己把心挖出來給惡人看。至於金錢，你們切記著：小心得錢，小心花錢。我自己年少的時候，有一片傻好心，左手來錢，右手花去，落得今日不能不死。死，我是不怕的，只是死了還對不起人，至少也對不起老張。以前的我是主張『以德報怨』，現在，『以直報怨』。以前我主張錢可以亂花，不准苟得，現在，錢不可苟得，也不可亂花。……王德，你用不著進城。李應去後，老張正需人幫助，他決不致於因為你和他打架而慢待你。你要是天天見老張，至少也可以替我打聽他對於我的擺佈。不過，你的志願我不敢反對，進城與否，還是你自己決定。從事實上看，好似沒有進城的必要。我的話盡於此，對不對我不敢說。你們去罷！不必懷念著我的死，我該死！」

李老人舒展了舒展大衫，慢慢的臥下去，隨手拿起一本書，遮住自己的臉；周身一動也不動，只有襟部微微的起伏，襯著他短促的呼吸。

「設若你能還老張的錢，你還尋死嗎，叔父？」王德問。

「我怎能還他的錢？」

「我回家對父親說，他借與你錢，將來李應再慢慢的還我父親。」

「傻孩子！你父親那是有錢的人！」

「他有！一收糧就有好幾十塊！」

「幾十塊？那是你們一年的用度！傻孩子，我謝謝你！」

「嘔！」王德疑惑了。「原來幾十塊錢不算富人，那麼，多少才可以算富足呢？」

多麼難堪夏日午時的靜寂！樹上的紅杏，田中的晚麥，熱的都不耐煩了！陣陣的熱風，吹來城內的喧鬧，睏的睡了，不睡的聽著聽著哭了。這時王德和李應又坐在破磨盤上，王德看著那翎毛凋落的醜老鴉，左顧右盼的搖著禿頭腦，要偷吃樹上的紅杏。李應低著頭注視著地上的群蟻圍攻一個翠綠的嫩槐樹蟲。老鴉輕快的一點頭，銜起一個圓紅杏，拍著破翅擦著籬笆飛去。王德隨著老鴉把眼睛轉到東邊的樹上，那面醜心甜的老鴉把杏遞進巢內，啞啞的一陣小鴉的笑聲，布散著樸美的愛情。

李應不知不覺的要用手撥散那條綠蟲身上叮著的小黃蟻。他忘了他的手被王德緊緊的握著。他一抽手，王德回過頭來：「李應！」「啊！王德！」兩個人的眼光遇在一處，觸動了他們的淚腺的酸苦。他們毫不羞愧的，毫不虛偽的哭起來。

對哭——對著知己的朋友哭——和對笑，是人類僅有的兩件痛快的事。

「你哭完了沒有？我完了！」王德抹著紅眼。

「不哭了！」

「好！該笑了！今天這一哭一笑，在這張破磨盤上，是我們事業的開始！李應！你看前面，黑影在我們後面，光明在我們前頭！笑！」

王德真笑了，李應莫名其妙不覺的也一樂，這一樂才把他眼中的淚珠擠淨。

「王德，我還是不贊成你進城！」

「非去不可！我有我的志願！」王德停頓了一會兒：「李應，你姐姐怎樣呢？」他的臉紅了。

「有我姑父姑母照應著她。」

「是嗎？」王德沒有說別的。

「你該回家吃飯，老人家要是不准你進城，不必固執。」

「父親管不了，我有我的志願！」王德說著往四下一看。「李應，我的書包呢？」

「放在屋裡了罷？進來看看。」

兩個人輕輕的走進去，李老人似乎昏昏的睡去。李應爬上炕去拿王德的書包。老人微微的睜開眼。

「王德呢？」

「在這裡。」

「王德！不用和別人說咱們的事。你過來！」

王德走過去，老人拉住他手，歎了一口氣。王德不知說什麼好，只扭著脖子看李應。

「王德！少年是要緊的時候！我，我完了！去吧！告訴你父親，沒事的時候，過來談一談。」

王德答應了一聲，夾起書包往外走。老人從窗上鑲著的小玻璃往外望了王德一望，自言自語的說：

「可愛！可愛的少年！」

# 第八

鄉下人們對於城裡掛著「龍旗」，「五色旗」，或「日本旗」，是毫不關心的。對於皇帝，總統，或皇后當權，是不大注意的。城裡的人們卻大不同了：他們走在街上，坐在茶肆，睡在家裡，自覺的得著什麼權柄似的。由學堂出身的人們，坐在公園的竹椅上，拿著報紙，四六句兒的念，更是毫無疑惑的自認為國家的主人翁。責任義務且先不用說，反正國家的主人翁是有發財升官的機會，是有財上加財，官上加官的機會的。誰敢說我想的不對，誰敢說我沒得權柄？嘔！米更貴了，兵更多了，稅更重了，管他作甚。那是鄉下人的事，那是鄉下人的事！……

他們不但這樣想，也真的結黨集社的「爭自治」，「要民權」，發諸言語，見之文字的幹起來。不但城裡這樣的如火如荼，他們也跑到鄉間熱心的傳播福音：……北京自治討成會，北京自治共成會，北京自治聽成會，北京自治自進會，……黑牌白字，白牌綠字，綠牌紅字，不亞如新闢市場裡的王麻子，萬麻子，汪麻子，……一齊在通衢要巷燦爛輝煌的掛起來。鄉間呢，雖不能這樣五光十色，卻也村頭村尾懸起郊外自治幹成會……的大牌。鄉民雖不認識字，然而會猜：

「二哥！又招兵哪！村頭豎起大牌，看見沒有？」一個這樣說。

「不！聽說圍起三頃地，給東交民巷英國人作墳地，這是標記。」一個這樣答。

兩個，三個，四個，至於七八個，究竟猜不透到底是招兵還是作洋墳地。可是他們有自慰的方法：這七八個人之中的一個，楊木匠，斷定了那塊寫著不可捉摸的黑字的牌子是洋槐木作的。王老叔起初還爭執是柳木，經幾次的鑒定，加以對於楊木匠的信仰，於是斷定為洋槐木，然後滿意的散去。過了幾天，二郎鎮上的人們驚異而新奇的彼此告訴：「關里二郎廟明天開會。老張，孫八，衙門的官人都去，還有城裡的有體面的人不計其數。老張，孫八就是咱們這裡的代表。……」

這個消息成了鎮上人們晚飯後柳蔭下的夕陽會聚談的資料。王老叔對孫八，老張加以十分敬意的說：「到底人家紳士和作先生的，有錶可帶，才當帶錶，像咱們可帶什麼？」

褚三卻撇著嘴，把頭上的青筋都漲起來，冷笑著說：「王老叔！諸三雖不曾玩過錶，可是拿時候比錶還準。不論陰天晴天永不耽誤事。有錶的當不了晚睡晚起誤了事，沒錶的也可以事事佔先。」

王老叔也贊成褚三的意見。於是大家商議著明天到關里看看熱鬧。太陽漸漸的向西山後面遊戲去，大地上輕輕的鎖上一帶晚煙，那是「無錶可帶」的鄉民們就寢的時候了。

第二天真的二郎廟外老早的立上幾個巡擊兵。老張，孫八都穿了夏布大衫，新緞鞋，走出走入。老張仰著臉，足下用力壓著才抹上煤油的紅皮鞋底，作出戛戛的輕響。「前面的是孫八，後面的是老張。」廟外立著的鄉民指指點點的說。然後兩個人又走出來，鄉民們又低聲的彼此告訴：「這回前面是老張，後面的是孫八。」

老張輕扭脖項，左右用眼一掃，好似看見什麼，又好似沒看見什麼，和兵馬大元帥檢閱軍隊的派頭一樣。

城裡的人們陸續著來到，巡擊兵不住的喊：「閃開！閃開！這裡擠，有礙代表的出入！家去看看死了人沒有，開自治會與你們何干！去！去！」

鄉民們也啞然自笑明白過來：「可說，自治會又不給咱一斗米，何苦在這裡充義務站街員！」於是逐漸的散去，只剩下一群孩子們，還爭著賞識各路代表的風光。

開會的通知定的是九點鐘開會，直到十二點鐘，人們才到齊。只聽一陣鈴聲，大家都坐在二郎廟的天棚底下，算是開會。

重要人物是：北郊學務大人南飛生，城北救世軍軍官龍樹古，退職守備孫占元（孫八的叔父），城北商會會長李山東，和老張，孫八。其餘的大概都是各路代表的埋伏兵。聽說在國會裡，管埋伏兵叫作「政黨」，在「公民團」裡叫作「捧角」，有些不體面的北京人，也管「捧角的」叫作「捧臭腳」。要之，埋伏者即聽某人之指揮，以待有所動作於固體運動者也。

大家坐下，彼此交頭接耳，家事，國事，天下事一齊說。誰也想不起怎樣開會。倒是孫守備有些忍不住，立起來說道：「諸位！該怎麼辦，辦哪！別白瞪著眼費光陰！」

南飛生部下聽了孫守備說的不好聽，登時就有要說閒話的。南飛生遞了一個眼神，於是要說話的又整個的把話咽回去。南飛生卻立起來說：「我們應當推舉臨時主席，討論章程！」

「南先生說的是，據我看，我們應當，應當舉孫老守備作臨時主席。」老張說。

「諸位多辛苦，家叔有些耳聾，這些文明事也不如學務大人懂的多，還是南先生多辛苦辛苦！」

孫八說完，南飛生部下全拍著手喊：「贊成！」「贊成！」其餘的人們還沒說完家事，國事，天下事，聽見鼓掌才問：「現在作什麼？」他們還沒打聽明白，只見南飛生早已走上講台，向大家深深鞠了一躬。

「鄙人，今天，那麼，無才，無德，何堪，當此，重任。」台下一陣鼓掌，孫老守備養著長長的指甲，不便鼓掌，立起來扯著嗓子喊叫了一聲：「好！」

「一個臨時主席有什麼重任？廢話！」台下右角一個少年大聲的說。

南飛生並未注意，他的部下卻忍受不住，登時七八個立起來，搖著頭，瞪著眼，把手插在腰間。問：「誰說的？這是侮辱主席！誰說的，快快走出去，不然沒他的好處！」

龍樹古部下也全立起來，那個說話的少年也在其中，也都插著腰怒目而視。

「諸位，請坐，我們，為公，不是，為私，何苦，爭執，小端。」主席依然提著高調門，兩個字一句的說。

左右兩黨又莫名其妙的坐下，然而嘴裡不閑著：「打死你！」「你敢！」「你爸爸不是好人！」「你爸爸一百個不是好人！」……

「諸位！」孫守備真怒了：「我孫家叔侄是本地的紳士。借廟作會場是我們；通知地方派兵彈壓是我們；預備茶點是我們。要打架？這分明是臊我孫家的臉！講打我當守備的是拿打架當作吃蜜，有不服氣的，跟我老頭子幹幹！」孫守備氣的臉像個切開的紅肉西瓜，兩手顫著，一面說一面往外走：「八爺？走！會不開了！走！」

孫八要走，恐怕開罪於大眾。不走，又怕老人更生氣。正在左右為難，老張立起來說：「今天天氣很熱，恐怕議不出什麼結果，不如推舉幾位代表草定會章。」

四下埋伏喊了一聲「贊成」。然後左角上說：「我們舉南飛生！」右角上「……龍樹古！」以次：「張明德」、「孫占元」、「孫定」、「李復才」，大概帶有埋伏的全被舉為起草委員。主席聽下面喊一聲，他說一聲「通過」。被舉的人們，全向著大眾笑了笑。只有孫老守備聽到大家喊「孫占元」，他更怒了：「孫占元，家裡坐著如同小皇帝，代表算什麼東西！」

主席吩咐搖鈴散會，大眾沒心聽孫守備說話，紛紛往外走。他們順手把點心都包在手巾內，也有一面走一面吃的。後來孫八檢點器皿，聽說丟了兩個茶碗。

# 第九

孫八把叔父送上車去，才要進廟，老張出來向孫八遞了一個眼色。孫八把耳朵遞給老張。

「老人家今天酒喝的多點，」老張歪著頭細聲細氣的說：「會場上有些鬧脾氣。你好歹和他們進城到九和居坐一坐，壓壓他們的火氣，好在人不多。我回家吃飯，吃完趕回來給你們預備下茶水，快快的有後半天的工夫，大概可以把章程弄出來了。」

「要請客，少不了你。」孫八說。

「不客氣，吃你日子還多著，不在乎今天。」老張笑了一笑。

「別瞎鬧，一同走，多辛苦！」孫八把老張拉進廟來，南飛生等正在天棚下脫去大衫涼快。老張向他們一點頭說：「諸位！賞孫八爺個臉，到九和居隨便吃點東西。好在不遠，吃完了回來好商議一切。」

「還是先商議。」龍樹古說。

「既是八爺厚意，不可不湊個熱鬧。」南飛生顯出特別親熱的樣子，撚著小黃鬍子說。

「張先生你叫兵們去雇幾輛洋車。」孫八對老張說。

「我有我的包車。」龍樹古說，說完繞著圓圈看了看大眾。

洋車雇好，大家軋著四方步，寧叫肚子受屈，不露忙著吃飯的態度，往廟外走。眾人上了車，老張還立在門外，用手向廟裡指著，對一個巡擊兵說話。路旁的人那個不信老張是自治會的大總辦。

車夫們一舒腰，已到德勝門。進了城，道路略為平坦，幾個車夫各不相下的加快速度，貪圖多得一兩個銅元。路旁沒有買賣的車夫們喊著：「開呀！開！開過去了！」於是這幾個人形而獸面的，更覺得非賣命不足以爭些光榮。

孫八是想先到飯館一步，以表示出作主人的樣子。老張是求路旁人賞識他的威風，只嫌車夫跑的慢。南飛生是坐慣快車，毫不為奇。龍樹古是要顯包車，自然不會攔阻車夫。李山東是餓的要命，只恨車夫不長八條腿。有車夫的爭光好勝，有坐車的驕慢與自私，於是烈日之下，幾個車夫像電氣催著似的飛騰。

到了德勝橋。西邊一灣綠水，緩緩的從淨業湖[3]向東流來，兩岸青石上幾個赤足的小

3. 淨業湖，即今積水潭。

孩子，低著頭，持著長細的竹竿釣那水裡的小麥穗魚。橋東一片荷塘，岸際圍著青青的蘆葦。幾隻白鷺，靜靜的立在綠荷叢中，幽美而殘忍的，等候著劫奪來往的小魚。北岸上一片綠瓦高閣，清攝政王的府邸，依舊存著天潢貴胄的尊嚴氣象。一陣陣的南風，吹著岸上的垂楊，池中的綠蓋，搖成一片無可分析的綠浪，香柔柔的震盪著詩意。

就是瞎子，還可以用嗅覺感到那荷塘的甜美；有眼的由不得要停住腳瞻覽一回。甚至於老張的審美觀念也浮泛在腦際，喚之欲出了。不過哲學家的美感與常人不同一些：「設若那白鷺是銀鑄的，半夜偷偷捉住一隻，要值多少錢？那青青的荷葉，要都是鑄著袁世凱腦袋的大錢，有多麼中用。不過，荷葉大的錢，拿著不大方便，好在有錢還怕沒法安置嗎？……」

大家都觀賞著風景，誰還注意拉著活人飛跑的活人怎樣把車曳上那又長又斜的石橋。那些車夫也慣了，一切筋肉運動好像和貓狗牛馬一樣的憑著本能而動作。彎著腰把頭差不多低到膝上，努著眼珠向左右分著看，如此往斜裡一口氣把車提到橋頂。登時一挺腰板，換一口氣，片刻不停的把兩肘壓住車把，身子向後微仰，腳跟緊擦著橋上的粗石往下溜。

忽然一聲「咯喳」，幾聲「哎喲」，只見龍軍官一點未改坐的姿式，好似有個大人把他提起，穩穩當當的扔在橋下的土路上。老張的車緊隨著龍樹古的，見前面的車倒下，車夫緊往橫裡一閃。而老張因保持力量平衡的原因，把重力全放在下部，脊背離了車箱，左右搖了幾搖，於是連車帶人順著橋的傾斜隨著一股乾塵土滾下去。老張的頭頂著車夫的屁股，車夫的頭正撞在龍軍官的背上。於是龍軍官由坐像改為臥佛。後面的三輛車，車夫手急眼快，拚命往後倒，算是沒有溜下去。龍樹古把一件官紗大衫跌成土色麻袋，氣不由一處起，爬起來奔過車夫來。可憐他的車夫——趙四——手裡握著半截車把，直挺挺的橫臥在路上，左腿上浸浸的流著人血。龍軍官也嚇呆了。老張只把手掌的皮搓去一塊，本想臥在地上等別人過來攙，無奈烈日曬熱的粗石，和火爐一樣熱，他無法只好自己爬起來，嘴裡無所不至的罵車夫。車夫只顧四圍看他的車有無損傷，無心領略老張含有詩意的詬罵。

其餘的車夫，都把車放在橋下，一面擦汗，一面彼此點頭半笑的說：

「叫他跑，我管保烙餅卷大蔥算沒他的事了！」

路上的行人登時很自然的圍了一個圓圈。那就立在橋上的巡警，直等人們圍好，才提著鐵片刀的刀靶，撇著釘著鐵拳的皮鞋，一扭一扭的過來。先問了一聲：「坐車的受傷沒有？」

「汙了衣服還不順心，還受傷？」龍軍官氣昂昂的說。

「一年三百六十五天，天天坐車，就沒挨過這樣的苦子。今天咱『有錢買花，沒錢買盆，栽在這塊』啦！你們巡警是管什麼的？」老張發著虎威，一半向巡警，一半向觀眾說。

「這個車夫怎辦？」巡警問。

「我叫龍樹古，救世軍的軍官，這是我的名片，你打電話給救世軍施醫院，自然有人來抬他。」

「但是……」

「不用『但是』，龍樹古有個名姓，除了你這個新當差的，誰不曉得咱。叫你怎辦就怎辦！」

北京的巡警是最服從民意的。只要你穿著大衫，拿出印著官銜的名片，就可以命令他們，絲毫不用顧忌警律上怎怎麼麼。假如你有勢力，你可以打電話告訴警察廳什麼時候你在街心拉屎，一點不錯，準有巡警替你淨街。龍樹古明白這個，把名片遞給巡警，真的巡警向他行了一個舉手禮，照辦一切。龍軍官們又雇上車，比從前跑的更快到九和居去了。

# 第十

中華民族是古勁而勇敢的。何以見得？於飯館證之：一進飯館，迎面火焰三尺，油星亂濺。肥如判官，惡似煞神的廚役，持著直徑尺二，柄長三尺的大鐵杓，醬醋油鹽，雞魚鴨肉，與唾星煙灰蠅屎豬毛，一視同仁的下手。煎炒的時候，搖著油鍋，三尺高的火焰往鍋上撲來，要個珍珠倒捲簾。杓兒盛著肉片，用腕一襯，長長的舌頭從空中把肉片接住，嘗嘗滋味的濃淡。嘗試之後，把肉片又吐到鍋裡，向著炒鍋猛虎撲食般的打兩個噴嚏。火候既足，杓兒和鐵鍋撞的山響，二里之外叫饞鬼聽著垂涎一丈。這是入飯館的第一關。

走進幾步幾個年高站堂的，一個一句：「老爺來啦！老爺來啦！」然後年青的挑著尖嗓幾聲「看座呀」！接著一陣拍拍的撣鞋灰，邦邦的開汽水，嗖嗖的飛手巾把嗡嗡的趕蒼蠅，（飯館的蒼蠅是冬夏常青的。）咕嚕咕嚕的擴充範圍的漱口。這是第二關。

主客坐齊，不點菜飯，先唱「二簧」。胡琴不管高低，嗓子無論好壞，有人唱就有人叫好，有人叫好就有人再唱。只管嗓子受用，不管別人耳鼓受傷。這是第三關。

二簧唱罷，點酒要菜，價碼小的吃著有益也不點，價錢大的，吃了泄肚也非要不可。酒要外買老字號的原封，茶要泡好鎮在冰箱裡。冬天要吃鮮瓜綠豆，夏天講要隔歲的炸粘糕。酒菜上來，先猜拳行令，迎面一掌，聲如獅吼，入口三盃，氣貫長虹。請客的酒菜屢進，惟恐不足；作客的酒到盃乾，爛醉如泥。這是第四關。

押陣的燒鴨或悶雞上來，飯碗舉起不知往那裡送，羹匙倒拿，斜著往眉毛上插。然後一陣噁心，幾陣嘔吐。吃的時候並沒嘗出什麼滋味，吐的時候卻節節品著回甘。「仁丹」灌下，扶上洋車，風兒一吹，漸漸清醒，又復哼哼著：「先帝爺，黃驃馬，」以備晚上再會。此是第五關。

有此五關而居然斬關落鎖，馳騁如入無人之地，此之謂「食而有勇」！「美滿的交際立於健全的胃口之上。」當然是不易的格言！

孫八等到了九和居，飯館的五關當然要依次戰過。龍樹古因宗教的關係不肯吃酒。經老張再三陳說：「啤酒是由外國來的，耶穌教也是外國來的，喝一點當然也沒有衝突。」加以孫八口口聲聲非給龍軍官壓驚不可，於是他喝了三瓶五星啤酒。酒灌下去，他開始和大眾很親熱的談話。談到車夫趙四，龍軍官堅決的斷定是：「趙四早晨忘了祈禱上帝，怎能不把腿撞破。平日跑的比今天快的多，為何不出危險呢？」

「我們還是回到德勝門，還是……現在已經快三點鐘。」孫八問。

「我看沒回去的必要，」老張十二分懇切的說：「早飯吃了你，晚飯也饒不了你，一客不煩二主，城外去蹓躂蹓躂，改日再議章程。兄弟們那是容易聚在一處的。」

「章程並不難擬，有的是別處自治會的，借一份來添添改改也成了。」南先生向孫八說。

「南先生你分神就去找一份，修改修改就算交卷。好在人還能叫章程捆住嗎！」龍樹古顯著很有辦事經驗的這樣說。

「那麼，南先生你多辛苦！」孫八向南飛生作了一個揖。

「不算什麼，八爺，我們上那裡去？」南飛生問。

李山東吃的過多，已昏昏的睡去。忽然依稀的聽見有人說出城，由桌上把頭搬起來，掰開眼睛，說：「出城去聽戲！小香水的『三上吊』！不用說聽，說著就過癮！走！小香水！『三上吊』！……」

老張向來不自己花錢聽戲，對於戲劇的知識自然缺乏。不知小香水是那一種香水，「三上吊」又是那麼一件怪事。嘴裡不便問，心裡說：「倒要看看這件怪事！大概逃不出因欠債被逼而上吊！欠債不還而上吊，天生來的不是東西！……」他立起來拍著孫八的肩，「李掌櫃最會評戲，他說的準保沒錯！八爺你的請，等你娶姨太太的時候，我和老李送你一台大戲！」

「真的八爺要納小星？幾時娶？」南飛生眉飛色舞的吹著小黃乾鬍子問。

「辛苦！南先生。聽老張的！我何嘗要娶妾？」

「娶妾是個人的事，聽戲是大家的，八爺你去不去？你不去，我可要走了！」李山東半醒半睡的說。

「對！李掌櫃，你請我，咱們走！」老張跟著就穿大衫。

「多辛苦！一同去，我的請！」

龍軍官一定不肯去，告辭走了。孫八會了飯賬，同著老張等一齊出城去娛樂。

# 第十一

「喂！李應！今天怎樣？」

「今天還能有什麼好處。錢是眼看就花完，事情找不到，真急死我！我決定去當巡警了！」

「什麼？當巡警？你去，我不去，我有我的志願。」

「你可以回家，要是找不到事作，我……」

「回家？夾著尾巴回家？我不能！喂！李應！城裡的人都有第二個名字，我遇見好幾個人，見面問我『台甫』，我們也應當有『台甫』才對。」

「找不到事，有一萬個名字又管什麼？」

「也許一有『台甫』登時就有事作。這麼著，你叫李文警，我叫王不警。意思是：你要當巡警，我不願意當。你看好不好？」

「你呀！空說笑話，不辦正事，我沒工夫和你瞎說，今天你我各走各的路，也許比在一處多得些消息。」

「不！我一個人害怕！」王德撅著嘴說。

「晴天白日可怕什麼？」

「喝！那馬路上荷槍的大兵，坐摩托車的洋人，白臉的，黑臉的……。那廟會上的大姑娘，父親說過，她們都是老虎。」

「你不會躲著他們走？」

「大兵和洋人我能躲，可是她們我又害怕又愛看。」

李應和王德自從進城，就住在李應的姑母家裡。飯食是他們自備，白天出去找事，晚上回來睡覺，兩個人住著李應的姑母的一間小北房。飯容易吃，錢容易花，事情卻不容易找。李應急的瘦了許多，把眉頭和心孔，皺在一處。王德卻依然抱著樂觀。

「李文警！」

「我叫李應！」

「好，李應，你往那裡去？」

「不一定！」

「我呢？」王德把兩隻眼睜得又圓又大。

「隨便！」

「不能隨便，你要往東，我也往東，不是還走到一路上去？至少你要往東，我就往西。」王德從袋中掏出一枚銅元，浮放在大拇指指甲上，預備向空中彈。「要頭要尾？頭是往東，尾是往西。」

「王德！王德！你的世界裡沒有愁事！」李應微微露著慘笑。

「說！要頭要尾？」

「頭！」

砰的一聲，王德把錢彈起。他瞪著眼蹲在地上看著錢往地上落。

「頭！你往東！再見，李應！祝你成功！」王德把錢撿起笑著往西走。

李應的姑母住在護國寺街上，王德出了護國寺西口，又猶豫了：往南呢，還是往北？往南？是西四牌樓，除了路旁拿大刀殺活羊的，沒有什麼鮮明光彩的事。往北？是新街口，西直門。那裡是窮人的住處，那能找得到事情。王德想了半天：「往北去，也許看見些新事。」

他往北走了不遠，看見街東的一條胡同，牆上藍牌白色寫著「百花深處」。

「北京是好，看這胡同名多麼雅！」他對自己說：「不用說，這是隱士住的地方，不然那能起這麼雅致的名字。」他一面想著，一面不知不覺的把腿挪進巷口來。

那條胡同是狹而長的。兩旁都是用碎磚砌的牆。南牆少見日光，薄薄的長著一層綠苔，高處有隱隱的幾條蝸牛爬過的銀軌。往裡走略覺寬敞一些，可是兩旁的牆更破碎一些。在路北有被雨水沖倒的一堵短牆，由外面可以看見院內的一切。院裡三間矮屋，房簷下垂著曬紅的羊角椒。階上堆著不少長著粉色苔的玉米棒子。東牆上懶懶的爬著幾蔓牽牛花，冷落的開著幾朵淺藍的花。院中一個婦人，蓬著頭髮蹲在東牆下，嘴裡哼哼唧唧的唱著兒曲，奶著一個瘦小孩，瘦的像一個包著些骨頭的小黃皮包。

王德心裡想：這一定是隱士的夫人；隱士夫人聽說是不愛梳頭洗臉的。他立在南牆下希望隱士出來，見識見識隱士的真面目。

等來等去，不見隱士出來。院內一陣陣孩子的啼聲。「隱士的少爺哭了！」繼而婦人詬罵那個小孩子，「隱士夫人罵人了！」等了半天王德轉了念頭：「隱士也許死了，這是他的孤兒寡妻，那就太可憐了！……人們都要死的，不過隱士許死的更快，因為他未到死期，先把心情死了！……人是奇怪東西，生來還死。死了還用小木匣抬著在大街上示威。……」

王德探身偷偷的向院裡望了望，那個婦人已經進到屋裡去，那個小孩睡在一塊小木板上。他於是悵然走出百花深處來。

「《公理報》，《民事報》……看看這兒子殺父親的新聞。」從南來了一個賣報的。「賣報的！」王德迎面把賣報的攔住。「有隱士的新聞和招人作事的廣告沒有？」「你買不買？賣報的不看報！」

王德買了一張，夾在腋下，他想：「賣報的不看報，賣報可有什麼好處？奇怪！想不出道理，城裡的事大半是想不出道理的！」

王德坐在一家鋪戶外面，打開報紙先念小說，後看新聞。忽然在報紙的背面夾縫上看到：「現需書記一人，文理通順，字體清楚。月薪面議。財政部街張宅。」

當人找事而找不到的時候，有一些消息，便似有很大成功的可能。王德也是一個。他立起來便向東城走。走得滿頭是汗，到了財政部街，一所紅樓，門口綠色的鐵柵欄懸著一面銅牌，刻著「張宅」。王德上了台階，跺了跺鞋上的灰土，往裡探視。門房裡坐著一個老人，善眉善眼像世傳當僕人的樣子。臥著一個少年，臉洗得雪白，頭油的漆黑。王德輕輕推開門，道了一聲「辛苦」。

「又一個！廣告比蒼蠅紙還靈，一天黏多少！」那個少年的說：「你是看報來的罷？沒希望，趁早回家！」

「我沒見著你們主人，怎見得沒希望？」王德一點不謙虛的說。

「我們上司還沒起來，就是起來也不能先見你，就是見你，憑你這件大衫，遇上上司心裡不痛快，好不好許判你五年徒刑。」

「我要是法官，為你這一頭黑油漆就恢復凌遲。」王德從與老張決裂後，學的頗強硬。

「你怎麼不說人話？」

「你才不說人話！」

「先生！」那個年老的一把拉住王德。「我去給你回一聲去。我們老爺真的還沒起來，我同你去見我們的大少爺。來！」

王德隨著那個年老的走入院裡。穿廊過戶走到樓背後的三間小屋。老僕叫王德等一等，他進去回稟一聲。

「進去！」老僕向王德點手。

王德進去，看屋裡並沒什麼陳設，好像不是住人的屋子。靠牆一張洋式臥椅，斜躺著一個少年。拿著一張《消閒錄》正看得入神。那個少年戴著金絲眼鏡，嘴裡上下金牙銜著半尺來長小山藥般粗中間鑲著金箍的「呂宋煙」。（不是那麼粗，王德也無從看見那個人的金牙。）手上戴著十三四個金戒指，腳下一雙鑲金邊的軟底鞋。胸前橫著比老蔥還粗的一條金錶鏈，對襟小褂上一串蒜頭大的金鈕，一共約有一斤十二兩重。

「你來就事？」那個少年人把報紙翻了翻，並沒看王德。

「是！」

「今年多大？」

「十九歲！」

「好！明天上工罷！」

「請問我的報酬和工作？」

「早八點來，晚八點走，事情多，打夜工。掃書房，鈔文件，姨太太出門伺候著站汽車。」

「府上是找書記？」

「廣義的書記！」

「薪金？」

「一月四塊錢，伺候打牌分些零錢。」

那個少年始終沒看王德，王德一語未發的走出去。王德走出大門，回頭望了望那座紅樓。

「這樣的樓房就會養著這樣鑲金的畜生！」

王德太粗鹵！

# 第十二

王德從財政部街一氣跑回李應的姑母家。李應的姑父開著一個小鋪子，不常在家。姑母今天也出去。王德進到院內垂頭喪氣的往自己和李應同住的那間小屋走。

「王德！回來得早，事情怎樣？」李應的姐姐隔著窗戶問。

「姑母沒在家？」

「沒有，進來告訴我你的事情。進來，看院中多麼熱！」

王德才覺出滿臉是汗，一面擦著，一面走進上房去。

「靜姐！叔父有信沒有？」王德好像把一肚子氣消散了，又替別人關心起來。

「你坐下，叔父有信，問李應的事。信尾提著老張無意許張師母的自由。」

王德，李應和李靜——李應的姐姐——是一同長起來的，無日不見面，當他們幼年的時候。李靜自從她叔父事業不順，進城住在她姑母家裡。白天到學堂念書，晚間幫著姑母作些家事，現在她已經畢業，不復升學。

她比李應大兩歲，可是從面貌上看，她是妹妹，他是哥哥。她輕輕的兩道眉，圓圓的一張臉，兩隻眼睛分外明潤，顯出沉靜清秀，她小的時候愛王德比愛李應還深，她愛王德的淘氣，他的好笑，他的一笑一個酒窩，他的漆黑有神的眼珠……

王德的愛她，從環境上說，全村裡再沒有一個女子比她清秀的，再沒有一個像她那樣愛護他的，再沒有一個比她念的書多的……

他們年幼的時候，她說笑話給他聽，他轉轉眼珠又把她的笑話改編一回，說給她聽，有時編的驢唇不對馬嘴。他們一天不見不見也見幾次；他們一天真見不著，他們在夢裡見幾次。他們見不著的時候，像把心挖出來拋在沙漠裡，烈風吹著，飛砂打著，熱日炙著；他們的心碎了，焦了，化為飛灰了！他們見著，安慰了，快活了，他們的心用愛情縫在一處了！

他們還似幼年相處的那樣親熱，然而他們不自覺的在心的深處多了一些東西，多了一些說不出的情感。幼年的時候彼此見不著，他們哭；哭真安慰了他們。現在他們見不著，他們呆呆的坐著，悶悶的想著，他們願殺了自己，也不甘隔離著。他們不知道到底為什麼，好像一個黃蝴蝶追著一個白蝴蝶的不知為什麼。

他們的親愛是和年歲繼續增加的。他們在孤寂的時候，渺渺茫茫的有一點星光，有一點活力，彼此掩映著，激蕩著。他們的幽深的心香，縱隔著三千世界，好像終久可以聯成一線，浮泛在情天愛海之中的。他們遇見了，毫不羞愧的談笑；他們遇不見，毫不羞愧的想著彼此，以至於毫不羞愧的願意坐在一處，住在一處，死在一處……

「靜姐！張師母的歷史你知道？」

「一點，現在的情況我不知道。」

「你──你與──」

「王德，你又要說什麼笑話？」

「今天笑話都氣跑了，你與老──」

「老什麼，王德？」

「靜姐，你有新小說沒有，借給我一本？」

「你告訴我你要說的話！」

「我告訴你，你要哭呢？」

「我不哭，得了，王德，告訴我！」

「老張要，」王德說到這裡，聽見街門響了一聲，姑母手裡拿著大包小罐走進來。兩個人忙著趕出去，接她手中的東西，姑母看了王德一眼沒有說什麼。王德把東西放在桌上，臉紅紅的到自己的小屋裡去。

李靜的姑母有六十來歲的年紀，身體還很健壯。她的面貌，身材，服裝，那一樣也不比別人新奇。把她放在普通中國婦女裡，叫你無從分別那是她，那是別人。你可以用普通中國婦人的一切形容她，或者也可以用她代表她們。

她真愛李應和李靜，她對她的兄弟——李應的叔父——真負責任看護李應們。她也真對於李氏祖宗負責任，不但對於一家，就是對於一切社會道德，家庭綱紀，她都有很正氣而自尊的負責的表示。她是好婦人，好中國婦人！

「姑娘！你可不是七八歲的孩子，凡事你自己應當知道謹慎。你明白我的話？」

「姑母你大概不願意我和王德說話？王德和我親兄弟一樣，我愛他和愛李應一樣。」

「姑娘！姑娘！我活了快六十歲了，就沒看見過女人愛男人不懷著壞心的。姑娘你可真臉大，敢說愛他！」

「姑母，說『愛』又怕什麼呢？」李靜笑著問。

「姑娘你今天要跟我頂嘴，好！好靜兒！我老婆子就不許你說！你不懂愛字什麼講？別看我沒念過書！」

「得了，姑母，以後不說了，成不成？」李靜上前拉住姑母的手，一上一下的搖著，為是討姑母的喜歡。

「啊！好孩子！從此不准再說！去泡一壺茶，我買來好東西給你們吃。」

好婦人如釋重負，歡歡喜喜把買來的水果點心都放在碟子裡。

李靜把茶泡好，李應也回來了。姑母把王德叫過來，把點心水果分給大家，自己只要一個爛桃和一塊擠碎了的餑餑。

「姑母，我吃不了這麼多，分給你一些。」李應看姑母的點心太少，把自己的碟子遞給她。

「不！李應！姑母一心一意願意看著你們吃。只要你們肥頭大耳朵的，就是我的造化。阿彌陀佛！佛爺保佑你們！有錢除了請高香獻佛，就是給你們買吃的！」

好婦人不說謊，真的這樣辦！

「李應，你的事怎樣？」李靜故意避著王德。

「有些眉目，等姑父回來，我和他商議。」

「你見著他？」姑母問。

「是，姑父晚上回來吃飯。」

「李應！快去打酒！你姑父沒別的嗜好，就是愛喝杯鹹菜酒！好孩子快去！」

「李應才回來，叫他休息一會，我去打酒。」王德向那位好婦人說。

「好王德，你去，你去！」好婦人從一尺多長的衣袋越快而越慢的往外一個一個的掏那又熱又亮的銅錢。「你知道那個酒店？出這條街往南，不遠，路東，掛著五個金葫蘆。要五個銅子一兩的二兩。把酒瓶拿直了，不怕搖盪出來，去的時候不必，聽明白沒有？快去！好孩子！……回來！酒店對過的豬肉鋪看有豬耳朵，挑厚的買一個。他就是愛吃個脆脆的醬耳朵，會不會？——我不放心，你們年青的辦事不可靠。把酒瓶給我，還是我去。上回李應買來的羊肉，把刀刃切鈍了，也沒把肉切開。還是我自己去！」

「我會買！我是買醬耳朵的專家！」王德要笑又不好意思，又偷著看李靜一眼。

「我想起來了。」好婦人真的想了一會兒。「你們兩個也不用出去吃飯，陪著你姑父一同吃好不好？」

王德沒敢首先回答，倒是李應主張用他們的錢多買些菜，大家熱鬧一回。姑母首肯，又叫李應和王德一同去買菜打酒。因為作買賣的專會欺侮男人，兩個人四隻眼，多少也可少受一些騙。然後又囑咐了兩個少年一頓，才放他們走。

李靜幫助姑母在廚房預備一切，李靜遞菜匙，姑母要飯杓；李靜拿碟子，姑母要油瓶；於是李靜隨著姑母滿屋裡轉。——一件事也沒作對。

# 第十三

王德，李應買菜回來，姑母一面批評，一面烹調。批評的太過，至於把醋當了醬油，整匙的往烹鍋裡下。忽然發覺了自己的錯誤，於是停住批評，坐在小凳上笑得眼淚一個擠著一個往下滴。

李應的姑父回來了。趙瑞是他的姓名。他約有五十上下年紀，從結婚到如今他的夫人永遠比他大十來歲。矮矮的身量，橫裡比豎裡看著壯觀的像一個小四方肉墩。短短的脖子，托著一個圓而多肉的地球式的腦袋。兩隻笑眼，一個紅透的酒糟鼻。見人先點頭含笑，然後道辛苦，越看越像一個積有經驗的買賣人。

趙姑父進到屋裡先普遍的問好，跟著給大家倒茶，弄的王德手足無措。——要是王德在趙姑父的鋪子裡，他還有一點辦法：他至少可以買趙姑父一點貨物，以報答他的和藹。

趙姑母不等別人說話，先告訴她丈夫，她把醋當作了醬油。趙姑父聽了，也笑得流淚，把紅鼻子淹了一大塊。笑完一陣，老夫妻領著三個青年開始享受他們的晚飯。趙姑父遞飯布菜，強迫王德，李應也喝一點酒，嘗幾塊豬耳朵。

二兩酒三個人喝，從理想與事實上說，趙姑父不會喝的超過二兩或完全二兩。然而確有些醉意，順著鬢角往飯碗裡滴滴有響的落著珍珠似的大汗珠。臉上充滿了笑容，好像一輪紅日，漸漸的把特紅的鼻子隱滅在一片紅光之中，像噴過火的火山掩映在紅雲赤霞裡似的。

酒足飯飽，趙姑父擰上一袋關東煙，叫李應把椅子搬到院中，大家團團的圍坐。趙姑母卻忙著收拾杯盤，並且不許李靜幫忙。於是李靜泡好一壺茶，也坐在他姑父的旁邊。

「姑父！我告訴你的事，替我解決一下好不好？」李應問。

「好！好！我就是喜歡聽少年們想作事！念書我不反對，作事可也要緊；念書要成了書呆子，還不如多吃幾塊脆脆的豬耳朵。」趙姑父噴著嘴裡的藍煙，漸漸上升和淺藍的天化為一氣。「鋪子裡不收你們念書的作徒弟，工廠裡不要學生當工人，還不是好憑據？你去當巡警，我說實在話，簡直的不算什麼好營業。至於你說什麼『九士軍』，我還不大明白。」

「救世軍。」李應回答。

「對！救世軍！那是怎麼一回事？」

「我今天早晨出門在街上遇見了老街坊趙四。他在救世軍裡一半拉車，一半作事。他說救世軍很收納不少青年，掙錢不多，可是作的都是慈善事。我於是跑到救世軍教會，聽了些宗教的講論，倒很有理。」

「他們講什麼來著？」王德插嘴問。

「他們說人人都有罪，只有一位上帝能赦免我們，要是我們能信靠他去作好事。我以為我們空掙些錢，而不替社會上作些好事，豈不白活。所以……」

「李應！這位上帝住在那裡？」王德問。

「天上！」李應很鄭重的回答。

「是佛爺都在天上……」趙姑父半閉著眼，銜著煙袋，似乎要睡著。「不過，應兒，去信洋教我有些不放心。」

「我想只要有個團體，大家齊心作好事，我就願意入，管他洋教不洋教。」李應說。

「你準知道他們作好事？」李靜問。

「你不信去看，教堂裡整齊嚴肅，另有一番精神。」

「我是買賣人，三句話不離本行，到底你能拿多少錢，從教堂拿。」

「趙四說一月五塊錢，不過我的目的在作些好事，不在乎掙錢多少。」

「好！你先去試試，不成，我們再另找事。」趙姑父向李應說完，又向著王德說：

「你的事怎樣？」

「許我罵街，我就說。」王德想起那個鑲金的人形獸。「別罵街，有你姐姐坐在這裡，要是沒她，你罵什麼我都不在乎。這麼著，你心裡罵，嘴裡說好的。」

王德於是把日間所經過的事說了一遍。然後又發揮他的志願。

「你看，」王德向趙姑父說：「我入學堂好不好？事情太不易找，而且作些小事我也不甘心！」

「念書是好意思，可是有一樣，你父親能供給你嗎？你姐姐，」趙姑父指著李靜說：「念了五六年書，今天買皮鞋，明天買白帽子，書錢花得不多，零七八碎差一點沒叫我破產，我的老天爺！我不明白新事情，所以我猜不透怎麼會一穿皮鞋就把字認識了。你知道你的家計比我知道的清楚，沒錢不用想念書，找事作比什麼也強。——姑娘，可別多心，我可無意說你花我的錢，我不心疼錢！好姑娘，給姑父再倒碗茶！」

趙姑父的茶喝足，把煙袋插在腰裡。向著屋裡說：

「我說——我要回鋪子，應兒們的事有和我說的地方，叫他們到鋪子找我去。」

「我說——」屋內趙姑母答了腔，然後拿著未擦完的碟子走出來。「今天的菜好不好？」

「好！就是有些酸！」

「好你個——發酸？可省醬油！醬油比醋貴得多！」老夫婦哈哈的笑起來，趙姑父又向李靜說：「謝謝姑娘，作飯倒茶的！等著姑父來給你說個老婆婆！」

「不許瞎說，姑父！」李靜輕輕打了她姑父一下。

「好姑娘，打我，等我告訴你婆婆！」

趙姑父笑著往外走，姑母跟著問東問西。李應們還坐在院裡，約摸趙姑父已走出去四五分鐘，依然聽得見他的宏亮而厚渾的笑聲。

# 第十四

中秋節的第二天，老張睡到午時才醒。因為昨天收節禮，結鋪子的賬，索欠戶的債，直到四更天才緊一緊腰帶渾衣而臥的睡下。洋錢式的明月，映出天上的金樓玉宇，銅窟銀山，在老張的夢裡另有一個神仙世界。俗人們「舉杯邀月」，「對酒高歌」，……與老張的夢境比起來，俗人們享受的是物質，老張享受的是精神，真是有天壤之判了！

因肚子的嚴重警告，老張不能再睡了，雖然試著閉上眼幾次。他爬起來揉了揉眼睛，設法想安置老肚的叛亂。

「為什麼到節令吃好的？」他想：「沒理由！為什麼必要吃東西？為什麼不像牛馬般吃些草喝點水？沒理由！」

幸虧老張沒十分想，不然創出《退化論》來，人們豈不退成吃草的牛馬。

「有了！找孫八去！一誇他的菜好，他就得叫咱嘗一些，咱一嘗一些，跟著就再嘗一些，豈不把老肚敷衍下去！對！……」

老張端了端肩頭，含了一口涼水漱了漱口，走過孫八的宅院來。

「八爺起來沒有？」

「笑話，什麼時候了，還不起來，張先生，辛苦，進來坐！」

「我才起來。」

「什麼，酒又喝多了？」

「那有工夫喝酒？結帳，索債就把人忙個頭朝下！沒法子，誰叫咱們是被錢管著的萬物之靈呢！」

「張先生，我有朋友送的真正蓮花白，咱們喝一盅。」

「不！今天我得請你！」老張大著膽子說。

「現成的酒菜，不費事！」

孫八說完，老張擠著眼一笑，心裡說：「想不到老孫的飯這麼容易希望！」酒飯擺好，老張顯著十分親熱的樣子，照沙漠中的駱駝貯水一般，打算吃下一個禮拜的。孫八是看客人越多吃，自己越喜歡。不幸客人吃的肚子像秋瓜裂縫一命嗚呼，孫八能格外高興的去給客人買棺材。

「八爺！我們的會期是大後天？」老張一面吃一面說，又忙著從桌上撿嘴裡噴出來的肉渣。

「大概是。」

「你想誰應當作會長？」

「那不是全憑大家選舉嗎？」孫八爺兩三月來受自治界的陶染，頗有時把新詞句用的很恰當。

「誰說的？自治會是我們辦的，會員是我們約的，我們叫誰作會長誰才能作！」說著，老張又夾起一塊肥肉片放在嘴裡。

「可就是！就是！你說誰應當作會長？」

「等一等，八爺還有酒沒有？我還欠一盅，喝完酒請大嫂熱熱的，酸酸的，辣辣的給咱作三碗湯飯，咱們一氣吃完，再談會務，好不好？」

「好！」孫八去到廚房囑咐作湯飯。

老張吃完三碗湯飯，又補了三個饅頭，幾塊中秋月餅，才摸了摸肚子，說了一句不能不說的：「我飽了！」然後試著往起捧肚子，肚子捧起，身子也隨著立起來，在屋內慢慢的走。

舌根有些壓不住食管，胃裡的東西一陣陣的往上頂。「八爺！有仁丹沒有？給我幾粒！新添的習氣，飯後總得吃仁丹！」老張閉著嘴笑了一笑，以防食管的氾濫。

孫八給了老張幾粒仁丹，老張吃下去，又試著往椅子上坐。

「小四！小四！」孫八喊。

「來了！叫我幹什麼？正跟小三玩得好好的！」

「去告訴你媽快沏茶！」

小四看了老張一眼，偷偷在他爹的耳根說：「老師不喝茶，他怕傷胃。」孫八笑了一笑。小四回頭看老張，恐怕老張看出他的秘密，趕緊對老張說：「老師，我沒告訴我爹你不喝茶！」

「好孩子，說漏了！我不喝壞茶？你爹的茶葉多麼香，我怎能不喝，快去，好孩子！」

孫八滿意了，小四忸忸怩怩的一條腿蹦到廚房去。

「八爺！據我的意見是舉令叔，咱們的老人家，作會長。」

「家叔實在沒有心幹這個事，況且會裡的人們不喜歡老年人。」

「八爺你聽著，我有理由：現在會中的重要人物是誰？自然是南飛生，龍樹古，和你我。咱們幾個的聲譽，才力全差不多，要是我們幾個爭起來，非把會鬧散不可。鬧散了會並不要緊，要緊的是假若政府馬上施行自治，我們無會可恃，豈不是『人姑娘臨上轎穿耳朵眼』，來不及嗎？所以現在一來要避免我們幾個人的競爭，二來要在不競爭之中還把會長落在我們手裡，這就是我主張舉令叔，咱們的老人家的原因。」

「原因在那？」孫八問。

「我的八爺！這還不顯而易見！你看，你是本地紳士，令叔是老紳士。身分，財產，名望，從那裡看這個會長也得落在孫家。要是被別人抬了去，不但是你孫家的羞恥，也是咱們德勝汛的沒面目。可是，你這個紳士到底壓不過咱們老人家的老紳士去。你運動會長，南飛生們可以反對，我們要抬出去咱們老人家，保管他們無話可說。老人家自然不願辦事，那麼，正好，叫老人家頂著名，你我暗中操持一切。你聽明白了，我可不是有意耍咱們老人家。一句話說到底，我們不能叫外人把會長拿了去！」

「是！就是！越說越對！」孫八立起來向窗外喊：「小三的媽！換好茶葉沏茶！」

「你我和李山東自然沒有不樂意舉老人家的，」老張接著說：「龍樹古呢，我去跟他說，他不敢不服從咱們。剩下一個南飛生叫他孤掌難鳴乾瞪眼。至於職員呢，把調查股股長給老龍，文牘給南飛生，會計是我的，因為你怎好叔父作會長，侄子作會計。你來交際。我管著錢，你去交際，將來的結果是誰交際的廣，誰佔便宜。」

「就是！李山東呢？」

「他——，他的庶務！掌櫃的當庶務叫作『得其所哉』！」

「可是，我們這樣想，會員們能照著辦嗎？」

「八爺！你太老實了！老實人真不宜於辦文明事！會員不是你我約來捧場的嗎？你拿錢買點心給他們吃，他們能不聽你的命令嗎？」

「好！就這麼辦！張先生你多辛苦，去告訴他們。」

「自然！賠些車錢不算什麼！」老張拍著肚皮：一來為震動腸胃，二來表示著慷慨熱心。

「車錢我的事，為我叔父作會長，叫你賠錢，天下沒有這種道理！」

「小事！我決不在乎！」老張說著捧起肚子就往起站。

「你等等，天還早，我去給你拿車錢！」

「不！」老張搖著頭擺著手往外就走。

孫八一手攔著老張，一手從衣袋裡掏出兩塊錢。老張不接錢，只聽著孫八把錢往自己衣袋裡放。哐啷一聲兩塊錢確乎沉在自己衣袋的深處，不住的說：「那有這麼辦的？」然後又捧著肚子坐下。

兩個人又談了些關於自治會的事情。孫八打算如果叔父作了會長，他就在城裡買一所房，以便廣為交際。老張是自治成功，把學堂交給別人辦，自己靠著利息錢生活，一心的往政界走。兩個人不覺眉飛色舞，互相誇讚。

「說真的，八爺，作什麼營業也沒有作官妙。作買賣只能得一點臭錢，（錢少而由勞力得來的，謂之臭錢。看老張著《經濟原理》第二十三章。）作官就名利兼收了！比如說，商人有錢要娶小老婆，就許有人看不起他。但是人一作官，不娶小老婆，就沒人看得起。同是有錢，身分可就差多了！」

「就是！就是！」

「說話找話，八爺！你到底要立妾不要？」老張的主要目的才由河套繞過來，到了渤海口。

「我沒心立妾，真的！」孫八很誠懇的說。

「八爺！八爺！你得想想你的身分啊！現在你是紳士，自治一成功你就是大人，有幾個作大人的不娶妾？我問問你！武官作到營長不娶小，他的上司們能和他往來不能？文官作到知事不娶小，有人提拔他沒有？八爺！你可是要往政界走的，不隨著群走，行嗎？」老張激昂慷慨，差一些沒咬破中指寫血書。

「你八嫂子為我生兒養女的，我要再娶一個，不是對不起她嗎？」

「娶妾不是反對八嫂！」老張把椅子搬近孫八，兩支豬眼擠成一道縫，低聲而急切的說：「你要入政界，假如政界的闊人到府上看看，憑八嫂子的模樣打扮，拿得出手去嗎？你真要把八嫂陳列出去，不把人家門牙笑掉才怪！事實如此，我和八嫂一點惡感沒有，你聽清楚了！況且現在正是婦女賤的時候，你是要守舊的，維新的，大腳的，纏足的，隨意挑選，身價全不貴，我們四十多的人了，不享這麼一點福，等七老八十老掉了牙再說？而且娶妾是往政界走的第一要事，樂得不來個一舉兩得！論財產呢，你是財神，我是土地，我還要嘗嘗小老婆的風味，況且你偌大的大紳士，將來的大人！八爺！你細細想想，我說的有什麼不受聽，你自管把拳頭往老張嘴上掄！」

「豈敢！豈敢！你說的都有理！」

「本來是有理的！我為什麼不勸你嫖？其實嫖也是人幹的事。因為有危險！自己買個姑娘，又順心，又乾淨，又被人看得重，是只有好處沒有害處。八爺，你想想！你有意呢，我老張不圖分文，保管給你找個可心的人！」

孫八沒有回答。

「你自己盤算著，我得進城了！」老張立起來，謝了謝孫八的飯，往外走，孫八送出大門。

小三，小四正在門外樹底下玩耍，見老張出來，小四問：「明天放學不放，老師？」

「一連放了三天還不夠？」老張笑著說。真像慈藹和祥的老師一樣。

「好你個老師！吃我們的飯，不放我們的學，等我告訴我媽，以後永遠不給你作飯！」

「你爹給我吃。」

「我爹？叫我媽打他的屁股！」

「胡說！小四！」孫八輕輕打了小四一掌。

「你媽才霸道！」老張看了孫八一眼。

「不霸道，像張師母一樣？敢情好！」小四是永遠不怕老張的。

「小四！快來！看這個大蜘蛛，有多少條腿！喲……」

「是嗎，小三？……」小四跑到牆根去。

老張乘著機會逃之夭夭了！

# 第十五

老張本想給龍樹古寫封信，告訴他關於選舉的計畫。繼而一想，選舉而外，還有和龍樹古面談的事。而且走著進城不坐車，至少可以比寫信省三分郵票。於是他決定作個短途的旅行。

龍樹古住在舊鼓樓大街，老張的路線是進德勝門較近。可是他早飯吃得過多，路上口渴無處去尋茶喝。不如循著城根往東進安定門，口渴之際，有的是護城河的河水，捧起兩把，豈不方便，於是決定取這條路。

古老雄厚的城牆，雜生著本短枝粗的小樹；有的掛著半紅的虎眼棗，迎風擺動，引的野鳥飛上飛下的啄食。城牆下寬寬的土路，印著半尺多深的車跡。靠牆根的地方，依舊開著黃金野菊，更顯出幽寂而深厚。清淺的護城河水，浮著幾隻白鴨，把腳洗得鮮黃在水面上照出一圈一圈的金光。

老張渴了喝水，熱了坐在柳樹底下休息一會。眼前的秋景，好像映在一個不對光的像匣裡，是不會發生什麼印象的。他只不住的往水裡看，小魚一上一下的把水撥成小圓圈，他總以為有人從城牆上往河裡扔銅元，打得河水一圈一圈的。以老張的聰明自然不久的明白那是小魚們遊戲，雖然，仍屢屢回頭望也！

老張隨喝隨走，進了安定門。又循著城根往舊鼓樓大街走。龍樹古的住宅是坐東朝西的，一個小紅油漆門，黑色門心，漆著金字，左邊是「上帝言好事」，右邊是「耶穌保平安」。左邊門框上一面小牌寫著「救世軍龍」。

龍樹古恰巧在家，把老張讓到上屋去。老張把選舉的事一一說明，龍樹古沒說什麼，作為默認。

談罷選舉，老張提起龍樹古的欠債，龍軍官只是敷衍，滿口說快還，可是沒有一定日期。老張雖著急，可是龍樹古不卑不亢的支應，使老張無可發作。

院中忽然一陣輕碎的皮鞋響，龍鳳——龍軍官的女兒——隨著幾個女友進來，看老張在上屋裡，她們都到東屋裡去說笑。

「姑娘還上學？」老張直把她們用眼睛——那雙小豬眼——送到東屋去，然後這樣問。

「現在已畢業，在教會幫我作些事。」

「好！姑娘也能掙錢，算你姓龍的能幹！」

「那全憑上帝的保佑！」

「我要是有這麼好的一個女兒，我老張下半世可以衣食無憂。可惜我沒有那個福分。」老張很淒慘的說。

「我不明白你的意思。」

「這不難明白！現在作官的人們，那個不想娶女學生，憑姑娘這些本事，這個模樣，何愁不嫁個闊人；你後半世還用愁吃穿嗎！」

「我們信教的還不能賣女兒求自己的富貴！」龍樹古板著面孔，代表著上帝的尊嚴。

「老龍！不能只往一面想啊！論宗教，我不比你懂得少，你現時的光景比前三四年強得多，為什麼？上帝的恩典！為什麼你有這麼好的女兒？上帝的恩典！上帝給你的，你就有支配的權力。上帝給你錢，你可以隨意花去，為什麼不可以把上帝給的女兒，隨意給個人家，你自己享些福？信佛，信耶穌，全是一理，不過求些現世福報。我說的宗教的道理，你想是不是？」

龍樹古沒回答，老張靜靜的看老龍的臉。

「你的債總還不清，並不是不能還，是不願意還！」老張又刺了老龍一槍。

「怎麼？」

「你看，有這麼好的姑娘，你給她說個婆家，至少得一千元彩禮，債還還不清？把債還清，再由姑娘的力量給你運動個一官半職的，這不是一條活路？再說，收彩禮是公認的事，並不是把女兒賣了。你願意守著餅挨餓，我就沒有辦法了！」

龍樹古還沒說話。

老張立起來背著手在屋內走來走去，有時走近門窗向龍姑娘屋裡望一望。

「你也得替我想想，大塊銀餅子放禿尾巴鷹，誰受的了？你想想，咱們改日再見。你願意照著我的主意辦，我是分文不取，願意幫忙！」

老張說完，推開屋門往外走，又往東屋望了望。

龍樹古只說了一句「再見」！並沒把老張送出去。老張走遠了，自己噗哧的一笑，對自己說：「又有八成，好！」他高興異常，於是又跑到東城去看南飛生，以便暗中看看南飛生對於自治會的選舉有什麼動作。見了南飛生，南飛生對於會務一字沒說，老張也就沒問。

可幸的南飛生留老張吃晚飯，老張又吃了個「天雨粟，鬼夜哭」。吃完忙著告辭，手捧圓肚，一步三歎的擠出安定門。

# 第十六

老張奔走運動，結果頗好，去到孫八處報功邀賞。孫八又給他兩塊錢。兩個人擬定開會通知，還在二郎廟開會。

城內外的英雄到齊，還由南飛生作主席。他先把會章念了一遍，台下鼓掌贊成，毫不費事的通過。（注意！其中一條是「各部職員由會長指派之。」）

會章通過，跟著散票選舉。會員彼此的問：「寫誰？」「寫自己成不成？」……吵嚷良久，並無正確的決定，於是各人隨意寫。有的只畫了一個「十」字，有的寫上自己名字，下面還印上一個斗跡。亂了半點多鐘，大家累得氣喘喘的才把票寫好。

壞了！沒地方投放，執事先生們忘了預備票匭。有的主張各人念自己的票，由書記寫在黑板上；有的主張不論誰脫下一隻襪子來，把票塞進去，……最後龍樹古建議用他的硬蓋手提箱權當票匭。大眾同意，把票紙雪片般的投入箱裡，紛紛的散去，只有十幾個人等著看選舉結果。

南飛生念票，老張記數目，孫八，龍樹古左右監視。

票紙念完，南，孫，張全倒吸一口涼氣瞪了眼，原來龍樹古當選為會長。

老張把心血全湧上臉來，孫八把血都降下去。一個似醉關公，一個似病老鼠，彼此看看說不出話。南飛生不露神色，只是兩手微顫，龍樹古坦然的和別的會員說閒話，像沒看見選舉結果似的。

「這個選舉不能有效！」老張向大眾說：「票數比到會的人數多，而且用的是老龍的箱子，顯有弊病！」

「就是！就是！」孫八嚷。

「怎見得票數不符？」台下一個人說：「入場既無簽到簿，就無從證明到會的人數。現在會員差不多散淨，當然票數比現在的人數多。至於票匭有無弊病，以龍君的人格說，似乎不應當這樣血口噴人。況且事前有失檢察，事後揑造事實，這是有心搗亂，破壞自治！」

一個悶雷把老張打得閉口無言。

「上了當！怎辦？」孫八把老張扯在一旁問。

「聯絡南飛生一齊反對老龍！」老張遞給南飛生一個眼色，南飛生走下台來。

「怎麼辦？南先生！南大人！」老張問。

「事前為什麼不和我聯成一氣？事已至此，我也沒有法！」南飛生把頭搖得像風車似的。

「你得辛苦辛苦！」孫八說。

「我只有一條法子。」

「聽你的，南先生！」孫八真急了！

「我們現在強迫他指定職員，」南飛生依然很鎮靜的說：「他要是把重要職員都給我們呢，我們聯絡住了，事事和他為難，不下一兩個月，準把他擠跑。他要是不把重要職員給我們，我們登時通電全國，誓死反對。」

「就是！就是！南先生你去和他說。」孫八真是好人，好人是越急越沒主意的。

南飛生還沒走到龍樹古面前，只聽會員中的一位說：「請會長登台就職！」

龍樹古慢慢的立起來往台上走，南飛生把他攔住。

「會計是你的！」龍樹古向南飛生低聲的說。南飛生點了點頭，把會長的路讓開。

會長登台先說了幾句謙虛話，然後指定職員。

「南飛生先生，會計。」

老張打了一個冷戰。

「孫定先生，交際。」

「辛苦！」孫八向自己說。

「張明德先生，庶務。」

老張又打了一個半冷半熱的冷戰。

「李復才先生，調查。……」

台下一鼓掌，龍樹古又說了幾句關於將來會務的設施，然後宣佈散會。

龍會長下來和孫八等一一的握手，（個個手心冷涼。）然後同南飛生一同進城。

孫八氣得要哭，李山東肚子餓極了，告辭回鋪子去吃飯。

「好！一世打雁，今天叫雁啄了眼！老張要不叫你姓龍的嘗嘗咱世傳獨門的要命丸什麼滋味，咱把家譜改了不姓張！」

「就是！張先生你得多辛苦！」

「八爺！你真要爭這口氣？」

「我要！我要！我要！」

「好！找個小館先吃點東西，老張有辦法！」老張顯出十分英雄的氣概，用腿頂屁股，用屁股頂脊骨，用脊骨頂脖子，用脖子頂著頭，節節直豎的把自己挺起來。聽說在《進化論》上講，人們由四足獸變為兩足動物，就是這麼挺起來的。兩個人在德勝門關里找了一個小飯館，老張怒氣填胸，把胃的容量擴大，越吃越勇，直到「目眥盡裂」，「怒髮衝冠」！

「八爺！你真要爭氣？」

「千真萬真！」

「好！你不反對我的計畫？」

「你說！我是百依百隨！」

「第一你要娶妾不娶？」

「我——」

「八爺！你開付飯賬，改日再見！」老張站起就走。

「這叫什麼話，你坐下！」

「你看，頭一件你就給我個悶葫蘆。就是說一天，還不是吊死鬼說媒，白饒一番舌嗎？」

「你坐下，娶！娶！」

「本來應當如此！」老張又坐下。「你聽著，龍樹古有個女兒，真叫柳樹上開紅花，變了種的好看。他呢，現在債眼比炮眼還大，專靠著她得些彩禮補虧空。我去給你把她買過來，你聽清楚了，他可不欠我的債。買他女兒作妾，這還不毀他個到底！」

「我——」

「要作就作，不作呢，夾起尾巴去給龍軍官，龍會長磕頭，誰也不能說八爺不和善！」

「老張你太把我看小了！作！作！作！你多辛苦！」

「不用急！」老張先下熱藥，後下涼劑，使病人多得些病痛的印象。「這裡決沒危險！他的債非還不可，我們出錢買他的女兒，叫作正合適。這手過錢，那手寫字據，決不會有差錯！」

孫八只是點頭，並未還言。

「八爺！你會飯賬！你在家裡等喜信罷！親事一成，專等吃你的喜酒！把臉卷起來，樂！樂！樂！」

孫八真的樂了！

# 第十七

一個回教徒，吃香蕉的時候並不似吃豬肉那樣懷疑。為什麼？那未免太滑稽，假如單純的答道：「不吃豬肉而吃羊肉，正如人們吃香蕉而不吃魚油蠟燭。」這個問題只好去問一個脾氣溫和的回教徒，普通人們只用「這個好吃」和「那個不好吃」來回答，是永遠不會確切的。

同樣，龍樹古為什麼信耶穌教？我除了說「信教是人們的自由」以外，只好請你去問龍樹古。

假如你非搜根探底的問不可，我只好供給你一些關於龍樹古的事蹟，或者你可以由這些事蹟中尋出一個結論。龍樹古的父母，是一對只賭金錢不鬥志氣「黑頭到老」的夫妻。他們無限慚愧的躺在棺材裡，不曾踐履人們當他們結婚的時候所給的吉祥話——「白頭偕老」。他們雖然把金錢都賭出去，可是他們還懷著很大的希望，因為他們有個好兒子，龍樹古自幼就能說他父母要說的話，作他父母要作的事。龍老者背著龍樹古和人們常說：「有兒子要不像樹古那樣孝順，那叫作駱駝下騾子，怪種！」

龍老者專信二郎神，因為二郎神三隻眼，當中那隻眼專管監察賭場而降福於虔誠的賭徒。龍老太太專信城隍爺，龍樹古小的時候曾隨著母親作過城隍出巡時候的轎前紅衣神童。總之，龍樹古自幼就深受宗教的陶染。

他在十八歲的時候，由他父母把東城羅老四駕下的大姑娘，用彩繡的大轎運來給他作媳婦。那位大姑娘才比他多七八歲，而且愛他真似老姐姐一樣。有時候老夫婦不在家，小夫婦也開過幾次交手戰，可是打架與愛情無傷，打來打去，她竟自供獻給他一個又白又胖的小女孩——龍鳳。龍鳳生下來的第二天，就經一個道士給她算命。道士說：她非出家當尼姑不可，不然有克老親。龍老夫婦愛孫女心盛，不忍照道士所說的執行。果然，龍鳳不到三歲把祖父母全都克死。至今街坊見著龍鳳還替龍老夫婦抱屈傷心！

龍樹古自雙親去世，也往社會裡去活動。不幸，他的社會，他的政府，許馬賊作上將軍，許賭棍作總長，只是不給和龍樹古一樣的非賊非盜的一些地位。更不幸的，他的夫人當龍鳳八九歲的時候也一命嗚呼！她的死，據醫生說是水火不濟，肝氣侵肺。而據鄰居說，是龍鳳命硬，克伐十族。不然，何以醫生明知是肝氣侵肺，而不會下藥攻肝養肺？

龍樹古自喪妻之後，仍然找不到事作，於是投到救世軍教會，領洗作信徒。最初信教的時候，鄰居都很不滿意他，甚至於見了龍鳳，除不理她之外，私下裡還叫她「洋妞兒」！後來龍樹古作了軍官，親友又漸漸改變態度，把龍鳳的「洋妞兒」改為「女學生」。

龍鳳現在已有二十歲，她的面貌，誰也不能說長得醜，可是誰也不說她是個美人。因為她紅潤的臉永遠不擦鉛粉和胭脂，她的濃濃的眉毛永遠不抹黑墨，她的長而柔軟的頭髮永遠不上黃蠟和香油。試問天下可有不施鉛華的美人？加以她的手不用小紅袖蓋著，她的腳不用長布條裹得像個小冬筍，試問天下可有大手大腳的美人？

「野調無腔的山姑娘！她是沒有媽的孩子，咱們可別跟她學！」這是鄰居們指著龍鳳而教訓他們的女孩子的話。

他們父女卻非常的快活，龍樹古縱有天大的煩惱，一見了他的愛女，立刻眉開眼笑的歡喜起來。她呢，用盡方法去安慰他，伺候他，龍樹古現在確乎比他夫人在世的時候，還覺得舒服一些。

我關於龍軍官的事情，只能搜羅這一些，假如有人嫌不詳細，只好請到鼓樓大街一帶去訪問。那些老太婆們可以給你極豐富的史料，就是那給龍鳳算命的道士，有幾位夫人，她們都說得上來。

# 第十八

李應真的投入救世軍。王德依然找不到事作，除了又跟父親要了幾塊錢而外，還是一團驕傲，不肯屈就一切。李應早間出去，晚上回來，遇上遊街開會，回來的有時很晚。王德出入的時間不一定，他探聽得趙姑母出門的消息，就設法晚些出去或早些回來，以便和李靜談幾句話。李靜勸他好幾次，叫他回家幫助父親操持地畝，老老實實的作個農夫，並不比城裡作事不舒服。

王德起初還用話支應，後來有一次自己管不住自己的嘴了。他說：「靜姐！我有兩個志願，非達到不可：第一，要在城裡作些事業；第二，要和你結婚。有一樣不成功，我就死！」李靜臉上微紅，並未回答。

王德這幾句話，在夢裡說過千萬遍，而不敢對她說。今天說出來了，隨著出了一身熱汗。好像久被淤塞的河水找著一個出口，心中的一切和河水的泛溢一般無法停止。

「靜姐！靜姐！」他上前拉住她的手。「我愛你！」

表他心中的話。

「兄弟！你怎麼有些呆氣？」

「我不呆，我愛你，我愛你！」王德雖然已經心亂了，可是還沒忘用「愛」字來代表他心中的話。

「你放開我的手，姑母這就回來！」

他不放開她的手，她也就沒再拒絕而由他握著，握得更緊了一些。

「我不怕姑母，我愛你！我死，假如你不答應我！」

「你先出去，等姑母下午出門，你再來！」

「我要你現在答應我！你答應了我，從此十年不見面，我也甘心，因為我知道世界上有一個愛我的人！說！說！靜姐！」

「你真是年青，兄弟！我下午答覆你還不成？姑母就回來！」

王德知道姑母的慈善與嚴厲，心中的血都蒸騰起來化為眼中的淚。李靜的眼睛也濕了。兩個人用握在一處的手擦淚，不知到底是誰的手擦誰的眼淚。

「我愛你！姐姐！」王德說完，放開她的手走出去。

他出了街門，趙姑母正從東面來，他本來想往東，改為往西去，怕姑母看見他的紅眼圈。

李靜手裡像丟了一些東西，呆呆的看著自己，從鏡子裡。不知不覺的抬起自己的手吻了一吻，她的手上有他的淚珠。趙姑母進來，李靜並沒聽見。

「靜兒！快來接東西！」

她懶懶的用手巾擦乾了眼睛，出來接姑母買來的東西，——不知道是什麼東西。

「姑娘！怎麼又哭了！」

「沒哭，姑母！」她勉強著笑了一笑。

「我知——道你小心裡的事，不用瞞我。」

「真的沒哭！」

「到底怎麼了？」

「我——有些不舒服。直打噴嚏，好像是哭了似的。」

「是不是？你姑父不聽話，昨天非給你爛柿子吃不可。瞧，病了沒有！這個老——」好婦人開始著急了。「好孩子，去躺一躺，把東西先放在這裡。想吃什麼？姑母給你作。對了，你愛吃嫩嫩的煮雞子，我去買！我去買！」

「姑母，我不想吃什麼，我去躺一躺就好了！」

「不用管我，我去買！孫山東的小鋪有大紅皮油雞子，這麼大。」趙姑母用手比著，好像雞子有茶壺那麼大。說完，把腳橫舒著，肥大的袖子掄的像飛不動的老天鵝一樣跑出去。李靜躺在床上，不知想的什麼，不知哭的什麼，但是想，哭！

想起自己去世的父母，自己的叔父，李應，王德……。不願意哭，怕傷了姑母的心，然而止不住。……不願意想，然而一寸長的許多人影在腦子裡轉。……忘了王德，為誰哭？為王德哭？想的卻不僅是他！……愛情要是沒有苦味，甜蜜從何處領略？愛情要是沒有眼淚，笑聲從何處飛來？愛情是神秘的，寶貴的，必要的，沒有他，世界只是一片枯草，一帶黃沙，為愛情而哭而笑而昏亂是有味的，真實的！人們要是得不著戀愛的自由，一切的自由全是假的；人們沒有兩性的愛，一切的愛是虛空的。現在李靜哭了，領略了愛的甜味！她的心像衝寒欲開的花，什麼也不顧的要放出她的香，美，豔麗！她像黑雲裡飛著的孤雁，哀啼著望，喚，她的伴侶！她自己也不知道哭什麼，想什麼，羞愧什麼，希望什麼。只有這一些說不出的情感是愛情的住所。愛情是由這些自覺的甜美而逐漸與一個異性的那些結合，而後美滿的。在這種情境之中的，好像一位盲目的詩人，夜間坐在花叢裡，領略著說不出的香甜；只有一滴滴的露珠，濕透了他的襟袖，好似情人們的淚！

趙姑母去了不到十分鐘就回來了。從門外就半哭半笑的喊：

「靜兒！靜兒！姑母可是老的要不得了！」

李靜坐起來隔著玻璃往外看，只見姑母左手拿著兩個雞子，右手從衣襟上往下擦鮮黃的蛋汁。

「可要不得了，我這不中用的老東西！四個雞子摔了一半！只顧快走，不看電線杆子，你看！」趙姑母說著，擦著，哭著，笑著，同時並舉的忙著。

趙姑母把雞子放在小鐵鍋裡煮，手擦眼淚，嘴吹鍋裡的熱氣，以便看雞子在鍋裡滾了幾個滾。還不住的說：「姑娘愛吃嫩的，愛吃嫩的……」嘴裡只顧說，心裡不記時間，撈出雞子一看，已經一個煮裂了縫。

最激烈的中國家庭革命，就是子女拒絕長輩所給的吃食。吃九個半，假如長輩給你十個，至少你也是洋人轉生的。李靜不願意惹姑母鬧脾氣，慢慢把雞子吃了。然後打起精神，要幫著姑母作事，姑母攔著不叫作。

「姑母，我真好了！」李靜說。

「是不是？一吃雞子準好！我年青的時候，公公婆婆活著，雞子？一根雞毛也吃不著！我的肚子啊，永遠空著多半截，就是盼著你叔父接我同娘家住幾天，吃些東西。一吃就好！公公婆婆也不是對我不好，他們對兒媳婦不能不立規矩。幸虧有你叔父，要不是他，我早就餓成兩層皮了！說起你叔父，現在受這罪，老天爺要是戴著眼鏡，決不至於看不出好壞人！靜兒！等你姑父回來，你跟他要一塊錢，給你叔父買些東西給他送了去。我那個兄弟，待我真是一百一，我可忘不了他！」

姑母侄女一陣亂談，姑母把說過一百二十五回的話，又說到一百二十六回。李靜不用聽，就可以永遠回答的不錯。吃過午飯，趙姑母到東城去看親戚。

王德並沒往遠處去，只圍著護國寺廟前後轉。有時走進廟裡，從破爛的殿門往裡呆呆的看著不走時運缺袍少帽的菩薩。他約摸著趙姑母已經出門，匆匆的跑回來。輕輕開了街門，先往自己屋裡走，以備萬一姑母沒出門好再走出去。到了自己屋裡，學著小說中偵探的樣子，把耳朵靠在牆上聽姑母屋裡有無動靜。聽了半天，一無人聲，二無犬吠，才慢慢開開門，低聲叫了一聲「靜姐！」

「你進來，王德！」李靜坐在一張小椅上，王德沒說話，走上前去吻了她一下。接吻除了野蠻人可以在晴天白日之下作，文明人是不作的，縱然作，也在黑影裡。現在這兩個野蠻化的男女，居然如此，你說，……我沒的說！

他們真敢冒險，真敢亂作，他們又吻了一吻，你說，……………

「你去罷，王德，我明白你的心！」

# 第十九

老張正要打龍樹古的門，門忽然開開。老張往旁邊一閃，走出一個少年，看了老張一眼，往前走去。

「李應！你上這裡來作什麼？」老張向前趕了幾步。

「你管不著！」李應停住步。

「小小年紀，不必記仇，告訴我，到這裡幹什麼？」

「見龍軍官！」

「啊，見老龍！見他幹什麼？」

「有事！」

「好，不用告訴我，我打聽得出來！」

李應怒沖沖的走去，老張看著他的後影，哧的笑了一聲。

老張回過頭來，門前站著龍鳳，她也望著李應。老張心裡癢了一下，心裡說：「可惜咱錢不多，把一朵鮮花，往孫八身上推！無法！……」跟著，他換了一副笑容，走上前去：

「鳳姑娘！你父親在家？」

「我給你通知一聲去。」龍鳳把黑布裙輕輕一撩跑進去，好像一個小黑蝴蝶。老張低頭把眼光斜射到她的腿腕：「多麼細軟的腿腕！」她又跑出來說：「請進來！」

老張進去，龍鳳開開屋門，老張一看屋裡，倒吸了一口涼氣！

堂屋中間擺著一張長桌，蓋著雪白的桌布。當中一瓶鮮花，四下擺著些點心和茶具。龍軍官坐在桌子的一頭，左邊坐著三個黃頭髮，綠眼珠，尖鼻子，高腦門的洋人；右邊坐著兩個中國人，嘀哩嘟嚕說外國話。老張除了庚子聯軍入京的時候，作過日本買賣以外，見著外國人，永遠立在十丈以外看，現在相隔只有五尺，未免腿腳有些發軟。

「請進來！」龍軍官並沒看老張。

老張鼓一鼓勇氣，把腿搬起來往裡挪。龍樹古把手向右邊的一個空椅一指，老張整團的咽唾液，坐下，坐的和洋人離著僅二尺多！

「張先生，北城的紳士，也是教育家。」龍軍官向大眾介紹，老張不住點頭。

「鳳姑娘你也坐下！」龍鳳坐在她父親的對面。

父女把茶倒好，龍軍官向左邊中間坐的那個年老的外國人說：

「請葛軍官祈禱謝茶。」

那位軍官用中國話遲遲頓頓的禱告起來，其餘的全垂頭合目屏住氣。老張乘機會看看合眼的洋人什麼樣子，因為洋人睡覺是不易見到的。只聽一聲「阿門！」眾人全抬起頭睜開眼，老張開始把眼閉上。

龍軍官把茶遞給大眾，一一的問：「要糖和牛奶不要？」問到老張，他說了一個字「要」！心裡想：「反正多要兩塊糖不吃虧！」

龍鳳把點心遞給大家，老張見洋人拿點心往嘴裡送，他才大膽的拿了一塊。

龍樹古說說笑笑，洋人聽不懂的，由右邊坐的那兩個人給翻譯，於是洋人也笑了。龍鳳和洋人是中西兩攙的說，老張一點也不明白，只乘著大家不留神又拿了一塊點心，把牛奶茶閉著氣一口灌下去。

「趙四好了沒了？」那個年老的洋人問。

「早好了！現在早晚禱告，很有進步！」龍樹古回答。

「為粥廠捐錢怎樣？」一個年青的洋人問。

「已捐進三百七十五元二毫。」挨著老張坐著的人說。

「這位張先生是慈善家，每年要捐錢的。」龍樹古笑著向洋人說。

那位老洋人向老張一笑，用中國話問：「你好不好？」

「好！」老張仿著洋腔說。

「你捐錢不捐？現在。」洋人又問。

老張看著龍樹古，龍樹古替老張回答：「他捐！年年要捐的！」龍軍官緊跟向一個中國人說：「把捐冊拿出來，請張先生認捐。」

「我沒帶著錢！」老張忙著說。

「不要緊！」那位拿著捐冊的人說：「寫了數目以後我們派人去取。久仰大善士！久仰！」

「憑老龍叫洋人念咒，洋人就登時低頭念，咱現在惹不了他！」老張一面想，一面接捐冊。從頭至尾看了一遍，張，王，李，趙，不是五元就是三元，並沒有半個銅子或一毛錢的。又看了一遍，結果發現了有一位是捐五毛錢的。於是老張咬著牙寫了五角小洋的捐。

大家又閒談了半天，龍樹古和那位年老的外國人商議，去見李大善士勸捐，於是大家立起預備出去。

老張向龍軍官丟了一個眼色，軍官裝沒看見，反向龍鳳說：

「把東西收拾起來，晚飯不用等我，我回來的早不了！」然後龍軍官又回過頭來向老張說：「多謝幫我們的款！一同出去好不好？」

老張隨著眾人出了街門，龍樹古向老張說了聲「再見！」跟著洋人揚長而去。老張蹲在牆根下發呆。

他呆呆的想了半天，立起來又去敲門。

「張先生還沒走？」龍鳳開開門說。

「我不能走，我的話還沒和你父親說完。」

「父親回來得早不了，你願意等著也好。」龍鳳說完，邦的一聲把門關上。

債沒討成，親事沒說定，倒叫洋人詐去五毛錢，老張平生那受過這樣的苦子！計無可出，掏出小帳本寫上了一句：

「十一月九日，老張一個人的國恥紀念日。」

# 第二十

「下雨是墨水匣子，颳風是香爐。」是外國人對於北京的簡妙的形容。中國人聽了這兩句話，只有誇讚形容的妙，而不覺得一個都城像墨水匣子和香爐為不應當的。本來，為什麼都城一定不像香爐和墨水匣子，為什麼世界不……

李靜和姑父要了一塊錢，買了些點心之類，出城去看她的叔父。出了她姑母的門，那冬天每日必來的北風已經由細而粗的刮起來。先是空中一陣陣的哨子響，好似從天上射來的千萬響箭。跟著由野外吹來的黃沙和路上的黑土捲成一片灰潮，從一切有孔的東西打過穿堂。兜著順著風走的人，獸的腳踵，壓著逆著風走的腳面，把前者催成不自主的速進，把後者壓成釘在地上的石樁。一陣風過，四外天空罩上一圈沙霧，陽光透過，好像飄浮著一層黃雪。跟著由遠而近的響聲又作，遠處的高樹先輕輕的點頭，近處的一切可動的東西也漸次搖動。繼而後面的怒潮又排山倒海而來，遠近上下的東西就在吼叫中連成一片不可分析的波動與激蕩。如此一陣，一陣，又一陣，樹枝折了，薄的土牆倒了，路上的糞土吹淨了，到紅日西落的時候，才慘澹荒寒的休息一刻，等著夜裡再攻襲大地的一切。

李靜握著她的毛項巾，半閉著眼，走三步停兩步的往前奔。走了好大半天才到德勝門。那城門洞的風更與眾不同，好似千萬隻野牛，被怒火燒著，爭著從城洞往外擠；它們的利角，刺到人的面上，比利刃多一點冷氣，不單是疼。那一個城門洞分秒不停的漲著一條無形有聲的瀑布，狂浪打的人們連連轉身，如逆浪而行的小魚。李靜倒退著，挨著城牆，用盡全身力量，費了五分鐘，才擠出去。出了城門風勢更野了，可是吹來的黃沙比城裡的腥惡的黑土乾淨多了。她奮鬥著，到底到了家，只是鼻窪的沙土，已經積了半寸多厚。

籬牆被風吹的「咯吱，咯吱」的響，那座破磨盤，在她的眼裡，一起一落的好像要被風刮走。除了這些響聲，屋裡連一聲咳嗽都沒有。她好似到了一個陰寒沉寂的山洞。

「叔父！我回來了！」

「啊？靜兒？快進來！」

她的叔父圍著一個小火爐，看著一本書。見了李靜，他喜歡的像一個蜜蜂被風刮進一間溫室滿列著鮮花。可是他說話的聲音依然非常低細，當風吼的時候，沒有人可以聽清楚他說的什麼。

「叔父！是我！」

「快坐下烤一烤手！」

「我先去洗一洗臉。」她用那凍紅的手指摸著臉蛋。

「不用！先坐下，我看看你！」

「叔父，我給你買來些點心。」她把點心包給她叔父看，紙包上已裹滿了沙土。

「你又跟你姑父要了錢？以後千萬別再跟他要，他的錢不是容易來的！」

「是！叔父你近來怎樣？」

「我？照舊。好，你去洗臉！你又胖了一些，我放心了！」

她洗了臉，從袋中拿出兩塊錢來：「叔父，這是李應給你的。」

「好！放在桌上罷。」

「叔父，你吃什麼？我給你作一作！」李靜見桌上放著一塊凍豆腐和些蔥蒜之類。

「好！給我作作。我自己作膩了！不吃，像缺些什麼似的；吃，真是麻煩！」

李靜一面收拾一切，一面和叔父說李應，王德的事，叔父點頭的時候多於說話。飯食作好，叔侄歡歡喜喜的吃了。

「靜兒你今年多大了？」她叔父低聲問。

「叔父，你把我的歲數也忘了，到年底二十二！」李靜半笑著，心中實在悲傷她叔父已把記憶力喪失。

「叔父老了！」他把手托住頭額默默不語的半天，然後又問：「那麼你二十二了，你自己的事怎樣？」

「什麼是我自己的事，叔父？」

「婦女是沒有自己的事的，人們也不許婦女有自己的事；可是我允許你主張你自己的事！」

「你是要叫我在城裡找一點事作？」

「那有事給你們作！我的意思是你自己的婚事。靜兒，你待你叔父要和待你母親一樣，要說什麼，說！」

「這個事——」

「靜兒！我先說罷！現在有人要買你作妾，你要是心目中有相當的人，趕快決定。你有了托身之處，我呢，怎樣死也甘心！」

李靜明白叔父所指的人，因為王德曾給過她些暗示。

「叔父！除死以外有第二個辦法沒有？」她把那兩條好看的眉毛擰在一處。

「沒有！沒有！你靠近我一些，我細細的告訴你！」李靜把小凳搬近了他一些，她叔父的聲音，像半枯的黃葉，在悄悄的寒風裡，作著悲哀的微響。「我明說罷：老張要買你！我打算在他提婚之際，把張師母救出來，現在已算失敗，不用細說。第一步失敗，第二步不能再延宕。就是你有合適的人，我趕快與你們立了婚約。我呢，對不起老張，只好一死！」

「叔父，你想我和李應要是有心的，能叫你死不能？」李靜的聲音顫了！

「靜兒！把氣穩下去！我活著怎見比死了強？這樣的廢物死了，除了你和李應哭我一場，以外別無影響。我寧願死不願見老張。他上次來，帶著兩個穿土色軍衣的兵。他說：『不還錢，送侄女，兩樣全不作，當時把你送到監牢裡去！』那兩個灰色的東西立在窗外喊：『把他捆了走，不用費話！』……靜兒！死了比這個強！」

「我不能看著你死，李應也不能！不能！不能！」她的臉變成灰色了！

「你聽著！子女是該當享受子女的生命的，不是為老人活著！你要是不明白我的心，而落於老張之手，你想，我就是活著，不比死還難過？斷送個半死的老人和一個青年，那個便宜，事情為什麼不找便宜的作？我只要聽你的事，告訴我！」

「姑母管束很嚴，我見不著生人，除了王德。」

「王德是個好孩子！」

「我們還都年青。」

「愛情是年青人講的！好！靜兒！我去和你王伯父商議。」

「可是我不能聽著你尋死，叔父！」

「靜兒！風小一點了，進城罷！我明白你們，你們不明白我！姑娘回去罷，問你姑父姑母好！」老人立起來，顫著把手扶在她肩上細細的端詳她。她不能自制的哭了。

「靜兒，走罷！唉！……」

# 第二十一

李靜昏昏沉沉的進了德勝門，風是小了，可是淚比來的時候被風吹出來的更多了！過了德勝橋，街上的人往前指著說：「看！董善人！」一個老婦人急切的向一個要飯的小姑娘說：「還不快去，董善人在那裡，去！」

李靜也停住看：一位老先生穿著一件藍布棉袍蓋到腳面，頭上一頂僧帽，手中一掛串珠。圓圓的臉，長滿銀灰的鬍子，慈眉善目的。叫花子把他圍住，他從僧帽內慢慢掏，掏出一卷錢票，給叫花子每人一張。然後狂笑了一陣，高朗朗的念了一聲「阿彌陀佛」！

李靜心中一動，可是不敢走上前去，慢慢的隨著那位老先生往南走。走過了蔣養房東口，那位先生忽然又狂笑了一陣，轉過身來往回走，進了到銀錠橋去的那條小巷。李靜看著他進了小巷，才開始往姑母家走。

她低著頭走，到了護國寺街東口。

「靜姐！你回來了！」

王德立在一個鋪子的外面，臉凍的通紅。

「靜姐！我的事成功了！」他像小孩子見著親姐姐樣的親熱。

「是嗎？」她說。

「是！給大強報校對稿子，訪新聞。二年之後，憑我的才力，就是主筆。姐姐！你知道主筆都是文豪！」

「王德！」

「在！」

「姑母在家沒有？」

「上鋪子和姑父要錢去了。」

「快走，到家我告訴你要緊的事。」

「得令！」

王德隨著趙姑父在天橋戲棚聽過一次文武帶打的戲。頗覺得戲劇的文學，有短峭明瞭的好處，每逢高興，不知不覺的用出來。

兩個人到了家，李靜急切的對王德說：「王德！你去給我辦一件事，行不行？」

「行！可是等我說完我的事。」

「王德！」李靜急得要哭，「我求你立刻給我辦事去！」

「不！我要不先告訴明白你我的事，我心裡好像藏著一條大蟒，一節　節的往外爬，那是這麼一件事，我今天……」

「王德！你太自私了！你不愛我？」

「我不愛你，我是個沒長犄角的小黃牛！」

「那麼我求你作事，為什麼不注意聽？」

「說！姑娘！我聽！說完你的再說我的！」

「你知道北城有一位董善人？你去給我打聽他的住址。」

「你打聽他作什麼？」

「你要是愛我，請不必細問！」

「今天的事有些玄妙！不准問，不准說！好！不問就不問，王德去也！」

王德扯腿往外跑，邦的一聲開開街門，隨著「哎喲」了一聲。李靜跟著跑出來，看見王德一手遮著頭，一手往起豎門閂。

「王德！打著沒有？」

「沒有！除了頭上添了一個鵝峰。」王德說罷又飛跑去了。不到十分鐘，王德跑回來。

「王德，你的頭疼不疼？」她摸了摸他的頭依然是滾熱的。

「不疼！靜姐！我跑到街上，心生一計：與其到北城打聽，不如去問巡警。果然巡警告訴我那位善人的住址，是在銀錠橋門牌九十八號，你的事完了，該我說了罷？」

「說罷。」

「姐姐！你有什麼心事？『說罷』兩個字不像你平日的口氣。」

「沒有心事，你的事怎樣？」

「作訪員，將來作主筆！這絕不是平庸的事業！你看，開導民智，還不是頂好的事？」

「你要作文章，寫稿子，報館要是收你的稿件才怪！」

「靜姐，你怎麼拿我取笑！」王德真不高興了。

「你不信我的話，等姑父回來問他，聽他說什麼！」

「一定！問了姑父，大概就可以證明你的話不對！」王德撅了嘴，心裡想：怎樣作稿子，怎樣登在報上，怎樣把有自己的稿子的報，偷偷放在她的屋裡，叫她看了，她得怎樣的佩服。……

李靜想她自己的事，他想他自己的事，誰也不覺寂寞的彼此看著不說話。

李應回來了。

「李應！好幾年沒見！」王德好容易找到一個愛聽他的事情的，因為李靜是不願聽的。

「王德，怎麼永遠說廢話？今天早晨還見著，怎就好幾年？」李應又對他姐姐說：

「叔叔說什麼來著？」

「對，姐弟說罷！今天沒我說話的地方！」

「王德！別瞎吵！」李應依舊問她：「叔父怎樣？」

「叔父身體照常，只囑咐你好好作事。」李靜把別的事都掩飾住。

「王德你的事情？」李應怕王德心裡不願意，趕快的問。

「你問我？這可是你愛聽？好！你聽著！」王德可得著個機會。「今天我出城，遇見一位親戚，把我介紹到大強報報館，一半作訪員，一半作校對。校對是天天作，月薪十元；訪稿是不定的，稿子採用，另有酬金。明天就去上工試手。李應，學好了校對和編稿子，就算明白了報館的一大部分，三二年後我自己也許開個報館。我決不為賺錢，是為開通民智，這是地道的好事。」

王德說完，專等李應的誇獎。

「錯是不錯。」李應慢慢的說：「只是世界上的事，在親自經驗過以前，先不用說好說壞。」

「好！又一個悶雷！在學堂的時候我就說你像八十歲的老人。你說話真像我老祖！」王德並沒缺了笑容。

「事實如此！並不是說我有經驗，你沒有。」

「我到底不信！世界上的事就真是好壞不能預料的嗎？」

「你不明白我的意思，王德！等有工夫咱們細說，現在我要想一想我自己的事。」

李應說完走到自己的屋去，李靜去到廚房作晚飯，只剩下王德自言自語的說：

「對！咱也想咱自己的事！」

# 第二十二

老張對龍樹古下了「哀的美敦書」：「老龍！欠咱的錢，明天不送到，審判廳見！如有請求，錢不到人到，即仰知悉！張囙」

龍樹古慌了，立刻遞了降書，約老張在新街口泰豐居見面，籌商一切條件；其茶飯等費概由弱國支付！

雙方的戰術俱不弱，可是由史學家看，到底老張的兵力厚於老龍，雖然他是軍官，救世軍的軍官。雙方代表都按時出席，泰豐居的會議開始。

「老龍！說乾脆的！大塊洋錢你使了，現在和咱充傻，叫作不行！」老張全身沒有一處不顯著比龍樹古優越，仰著頭，半合著眼，用手指著老龍。

「慢慢商議，不必著急。」龍軍官依然很鎮靜。

「不著急是兒子！晶光的袁世凱腦袋，一去不回頭，你不著急，我？沒辦法，審判廳見！」老張扭著頭不看老龍，而看著別的茶客吃東西。

「打官司，老張你不明白法律。」

「怎麼？」

「你看，現在打官司講究請律師。假如你爭的是一千元的財產，律師的費用，就許是五六百。打上官司，三年五年不定完案不完，車錢你就賠不起。即使勝訴，執行之期還遠得很，可是車飯和律師出廳費是現款不賒。你要惜錢不請律師，我請，律師就有一種把沒理說成有理的能力。」

「我很有幾位法界的朋友，」龍軍官不卑不亢的接著說：「他們異口同聲的說，寧受屈別打官司，除了有心爭氣，不計較金錢損失的。老張你平心靜氣的想想，頂好我們和平著辦，你不信呢，非打官司不可，我老龍只有奉陪！」

老張翻了翻眼珠，從腦子裡所有的帳本，歷史，翻了一個過。然後說：

「打官司與否，是我的自由，反正你成不了原告。你的話真罷假罷，我更沒工夫想。不過老龍你我的交情要緊，似乎不必抓破了臉叫旁人看笑話。你到底怎麼辦？」

「慢慢的還錢。」

「別故意耍人哪，老龍！這句話我聽過五百多回了！」

「你有辦法沒有？」

「有！只怕你不肯幹！」

「咱聽一聽！」

「還是那句話，你有那麼好的姑娘，為什麼不可以得些彩禮，清理你的債務？」

「沒有可靠的人替我辦，彩禮也不會由天上飛下來，是不是？」

「你看這裡！」老張指著他自己的鼻樑說：「你的女兒就和我的一樣，只要你肯辦，老張敢說：作事對得住朋友！」

「你的計畫在那裡？」

「你聽著，你看見過孫八爺沒有？」

「不就是那位傻頭傻腦的土紳士嗎？」

「老龍，別小看了人！喝！土紳士？人性好，學問好。而且是天生下來的財主！」

「他有錢是他的。」

「也許是咱們的！孫八爺年紀不大，現在也不過三十上下。前者他和我說，要娶一位女學生。我聽過也就放在腦後，後來我看見鳳姑娘，才想起這樁事。憑姑娘的學問面貌，孫八的性格地位，我越看越是一對天造地設的漂亮小夫婦。可是我總沒和你說。」

「沒明說，示過意？」

「老龍，老朋友，別一句不讓！」老張故意賣個破綻，示弱於老龍，因為人們是可以贏一句話而輸掉腦袋的！「果然你願意辦，我可以去對孫八說。事情成了，姑娘有了倚靠，你清了債，是不是一舉兩得？現在聽你的，說個數目。」

「三十萬塊錢。」

「老龍！」老張笑起來。「別要少了哇！總統買姑娘也犯不上化三十萬哪！」

「要賣就落個值得，五個銅子一個，我還買幾個呢！」

「這不是賣，是明媒正娶，花紅轎往外抬！彩禮不是身價！」

「那末，不寫字據？」

「這——，就是寫，寫法也有多少種。」

「老張！咱們打開鼻子說亮話：寫賣券非過萬不可，不寫呢，一千出頭就有商議。好在錢經你的手，你扣我的債。那怕除了你的債剩一個銅子呢，咱買包香片茶喝，也算賣女兒一場，這痛快不痛快？」

「你是朋友，拿過手來！」老張伸出手和龍軍官熱熱的握了一握。「賣券不寫，婚書是不可少的！」

「隨你辦，辦得妥，你的錢就妥。不然，錢再飛了，咱姓龍的不負延宕債務的責任。有我的女兒，有孫八的錢，有你這個人，就這麼辦，我敬候好音！」

「好朋友！來！今天先請咱喝盅喜酒！」

弱國擔負茶飯，已見降書之內，龍軍官無法要了些酒菜餵餵老張。

泰豐居會議閉幕，外面的狂風又狂吼起來。老張勇敢而快活的衝著北風往家裡走，好似天地昏暗正是他理想的境域！

# 第二十三

王德撅著嘴，銜著尖銳殺肉的北風往趙姑母家裡走，把嘴唇凍的通紅。已經是夜裡一點鐘，街上的電燈被風吹得忽明忽滅，好似鬼火，一閃一閃的照著街心立著的冷刺蝟似的巡警。路旁鋪戶都關了門，只有幾家打夜工的銅鐵鋪，依然叮叮的敲著深冬的夜曲。間斷的摩托車裝著富貴人們，射著死白的光焰，比風還快的飛過；暫時衝破街市上的冷寂。

這是王德到報館作工的第七夜。校對稿件到十一點鐘才能完事，走到家中至早也在十二點鐘以後。因趙姑父的慈善，依然許王德住在那裡，夜間回來的晚，白天可以晚起一些，也是趙姑父教給王德的。

身上一陣熱汗，外面一陣涼風，結果全身罩上一層黏而涼的油漆。走的都寧願死了也不願再走，才到了趙姑父家。他輕輕開開門，又輕輕的鎖好，然後躡足屏氣的向自己屋裡走。北屋裡細長的呼聲，他立住聽了一會兒，心裡說道：「靜姐！我回來了！」

王德進到自己屋裡，把蠟燭點上，李應的眼被燭光照得一動一動的要睜開，然後把頭往被窩裡鑽進去。「李應，李應！」王德低聲的叫。李應哼了一聲，又把頭深深的藏在被裡。王德不好意思把李應叫醒，拿著蠟燭向屋內照了一照，看見李應床下放著一雙新鞋。然後熄了蠟燭上床就寢。

王德睡到次日九點鐘才醒，李應早已出去。

「王德！該起來了！」窗外李靜這樣說。

「就起。」

「昨天什麼時候回來的？」

「不用說，昨天我要沒血性，就死在外面了！」

「午後出去不？」

「不一定。」

「姑母下午出城去看叔父。」

「好！我不出去，有話和你說。」

「我也想和你談一談。」

李靜到廚房去作事，王德慢慢的起來，依然撅著嘴。趙姑母預備出門，比上陣的兵丁繁瑣多了，諸事齊備，還回來兩次：一次是忘帶了小手巾，一次是回來用碟子蓋好廚房放著的那塊凍豆腐。

趙姑母真走了，王德和李靜才坦然坐在一處談話。

「姐姐，誰先說？」

「你先說，不然你也聽不下去我的。」她溫媚的一笑。

「好姐姐！我現在可明白你與李應的話了！你們說我沒經驗，說我傻，一點不假！說起來氣死人，姐姐，你想報館的材料怎麼來的？」

「自然是有人投稿，主筆去編輯。」

「投稿？還編輯？以前我也那樣想。」

「現在呢？」

「用剪子！」

「我不明白你的意思。」

「東一塊西一塊用剪子剪現成的報，然後往一處拚，他們的行話叫作『剪子活』！」

「反正不是你的錯處。」

「我不能受！我以為報紙的效用全沒了，要這樣辦！還有，昨天我寫了一個稿子，因為我在路上看見教育次長的汽車軋死一個老太太，我照實的寫了，並沒有加什麼批語，你猜主筆說什麼？他說：『不願幹，早早的走，別給我惹是非。你不會寫一輛汽車撞死一個無名女人，何必一定寫出教育次長的車？』我說：『我看見什麼寫什麼，不能說謊！』主筆拍著桌子和我嚷：『我就不要你說實話！』姐姐！這是報館！我不能再幹！我不能說謊欺人！」

「可是事情真不易找，好歹忍著作罷！」李靜很誠懇的安慰他。

「良心是不能敷衍的！得！我不願再說了，你有什麼事？」

「唉！」李靜把手放在膝上，跟著笑了一笑，她天生來的不願叫別人替她發愁。

王德看出她的心事，立刻又豪氣萬丈，把男兒英雄好義的氣概拿出來，把手輕輕的放在她的手背上。

「姐姐！我可以幫助你嗎？這樣世界我活夠了，只願為知己的一死！那是痛快事！」

「兄弟，我所以不願意對你說的緣故，也就是因為你年青好氣。為我的事，不用說喪了你的命，就是傷了一塊皮膚，我也不能作！」她鬆鬆握住他的手。

「姐姐！假如你是男的，我願幫助你，況且你是女的，到底什麼事？」

「我只能對你說，你可千萬別告訴李應，他的性情並不比你溫和。我不怕死，只怕死一個饒一個不上算，不聰明。」

「到底什麼事？人要不完全和牛馬一樣，就該有比牛馬深摯的感情！姐姐快說！」

王德把腰板挺直這樣說。

「你記得有一次你說老張要對我作什麼？」

「我記得，姑母進來，所以沒說完。」

「還是那件事，你知道？」

「知道！現在怎樣？」

「我現在的心願是不叫叔父死！我上次為什麼叫你去打聽那位董善人？」

「到如今我還不明白。」

「也是為這回事。我的心願是：求那位善人借給我叔父錢還老張，我情願給善人當婢女。可是我已見過他了，失敗了！」李靜呆呆的看著地上，停住說話。

「姐姐，詳細說說！」他把她的手握緊了些。

「我乘姑母沒在家，去找了那位善人去。恰巧他在家，當時見了我。我把我的心願說給他聽，他是一面落淚一面念佛。等我說完，他把我領到他的後院去，小小的一間四方院，有三間小北房，從窗眼往外冒香煙，裡面坐著五六個人姑娘，有的三十多歲，有的才十七八歲，都和尼姑一樣坐在黃布墊上打著木魚念經。我進去，只有那個最年青的抬頭看了看我。其餘的除把聲音更提高了一些，連眼皮也沒有翻。」

「尼姑庵？」王德好像問他自己。

「我看了之後，善人又把我領到前面去，他開始說話：『姑娘你要救叔父是一片孝心』，『百善孝為先』，我是情願幫助你的。可是你要救人，先要自救。你知道生來『女身』，是千不幸萬不幸，就是雌狐得道也要比雄狐遲五百年，才能脫去女身，人類也是如此。不過童女還比出嫁的強，因為打破欲關，淨身參道，是不易得的。那幾個姑娘，兩個是我的女兒，其餘的都是我由火坑內救出來的。我不單是由魔道中把她們提拔出來，還要由人道把她們渡到神道裡去。姑娘，我看你沉靜秀美，道根決不淺，假如你願意隨我修持，你叔父的錢是不難籌措。』

「我遲疑了半天沒有回答他，他又接著說：『姑娘，這件事要是遇在十年前，我當時就可以拿錢給你；現在呢，我的財產已完全施捨出去。我只覺得救人靈魂比身體還要緊。你願意修行呢，我可以寫個捐冊，去找幾位道友募化，他們是最喜歡聽青年有志肉身成聖的。不然，我實在無法去籌錢。姑娘你想，社會上這麼多苦人，我們只要拿金銀去延長他們的命，而不拔渡他們的靈魂，可有什麼益處；況且也沒有那麼些金銀？

你先回去，靜心想一想，願意呢，我有的是佛經，有的是地方，你可以隨著她們一同修持。這是你自己的事，你的道氣不淺，盼你別把自己耽誤了！世上有人給你錢，可是沒人能使你超凡入聖，你自己的身體比你叔父還要緊，因為你正是童身，千金難買，你叔父的事，不過才幾百塊錢！』我當時沒有回答他，就回家來了。」

「到底你願當尼姑不？」

「為什麼我願意？」

「你不願意，他自然不借給你錢！」

「那還用說！」李靜的臉變白了。

「姐姐！我們為什麼不死呢？」王德想安慰李靜，不知說什麼好，不知不覺的把這句話說出來。

「王德！要是少年只求快死，世界就沒人了！我想法救叔父，法子想盡，嫁老張也幹，至於你我，我的心是你的，你大概明白我！」

她不能再支持了，嗚咽咽哭起來。他要安慰她，要停住她的哭，可是他的淚比她的還多。

# 第二十四

王德與李靜對哭，正是趙姑母與李靜的叔父會面的時候。趙姑母給她兄弟買的點心，茶葉，三大五小的提在手內，直把手指凍在拴著紙包的麻繩上，到了屋內向火爐上化了半天，才將手指舒展開，差一些沒變成地層內的化石。

她見了兄弟，哭了一陣，才把心中的話想起來，好似淚珠是婦女說話的引線。她把陳穀子爛芝麻儘量的往外倒，她說上句，她兄弟猜到下句，因為她的言語，和大學教授的講義一樣，是永遠不變，總是那一套。

有人說婦女好說話，所以嘴上不長鬍子，證之趙姑母，我相信這句話有幾分可信。

說來說去，說到李靜的婚事問題。

「兄弟！靜兒可是不小了，男大當娶，女大當嫁，可別叫她小心裡怨咱們不作人事呀！再說你把她託付給我，她一天沒個人家，我是一天不能把心放下。女兒千金之體，萬一有些差錯，咱們祖宗的名聲可要緊呀！」

「自然……」

「你聽我的，」她不等他說完，搶著說：「城裡有的是肥頭大耳朵的男子，選擇個有吃有穿的，把她嫁出去，也了我們一樁心事。不然姑娘一過了二十五歲，可就不易出手啊！我們不能全隨著姑娘的意思，婚事是終身大事，長的好不如命兒好；就說半壁街周三的兒子，臉上一千多個麻子，嘴還歪在一邊，人家也娶個一朵花似的大姑娘。別看人家臉麻嘴歪，真能掙錢，一月成千論百的往家掙。我要有女兒，我也找這樣的給！我不能隨著女兒的意思，嫁個年青俊俏的窮小子。兄弟，你說是不是？」

「也忙不得。」她兄弟低聲的說。

「兄弟，你不忙，你可不知道我的心哪！你不進城，是不知道現在男女這樣的亂反。我可不能看著我的侄女和野小子跑了！什麼事到你們男人身上，都不著急，我們作婦人的可是不那樣心寬。我為靜兒呀，日夜把心提到嘴邊來！她是個少娘無父的女孩子，作姑母的能不心疼她？能不管束她？你不懂，男人都是這樣！」這位好婦人說著一把一把的抹眼淚。

她把點心包打開，叫兄弟吃，她半哭半笑的說：「兄弟，吃罷！啊！沒想到你現在受這個罪！兄弟！不用著急，有姐姐活著，我不能錯待了你！吃罷！啊！我給你挑一塊。」她拿了一塊點心遞給他。

他把一口點心嚼了有三分鐘，然後還是用茶沖下去。他依然鎮靜的問：

「姐姐！假如現在有人要娶靜兒，有錢有勢力，可以替我還了債，可是年歲老一點。還有一個是姑娘心目中的人，又年青又聰明。姐姐你想那一個好？」

「先不用問那個好，我就不愛聽你說姑娘心目中有人。我們小的時候，父母怎樣管束我們來著？父母許咱們自己定親嗎？要是小人們能辦自己的，那麼咱們這群老的幹嗎的？我是個無兒無女的老絕戶，可是我不跟絕戶學。我愛我侄女和親生的女兒一樣，我就不能看著她信意把她自己毀了！我就不許她有什麼心目中人，那不成一句話！」好婦人越說越有理，越說越氣壯，可惜她不會寫字，要是她能寫字，她得寫多麼美的一篇文字！

「那麼，你的意思到底怎樣？」他問。

「只要是你的主意，明媒正娶，我只等坐紅轎作送親太太！你要是不作主呢，我可就要給她訂婚啦！你是她叔父，我是她姑母，姑奶奶不比叔父地位低，誰叫她把父母都死了呢！我不是和你兄弟耍姑奶奶的脾氣，我是心疼侄女！」

「我明白了！」他低頭不再說。

「兄弟你本來是明白人！說起來，應兒現在已經掙錢成人，也該給他張羅個媳婦了！你可不知道現在年青人心裡那個壞呀！」

「慢慢的說罷！不忙！」他只好這樣回答她。

趙姑母又說了多少個女子，都可給李應作妻子。鞋鋪張掌櫃的女兒，纏得像冬筍那樣小而尖的腳；李巡長的侄女，如何十三歲就會縫大衫；……她把這群女子的歷史，都由她們的曾祖說到現在，某日某時那個姑娘在廚房西南角上摔了一個小豆綠茶碗，那個茶碗碎成幾塊，又花了幾個錢，叫鋸碗的釘上幾個小銅釘，源源本本的說來。她的兄弟聽不清，我也寫不清，好在歷史本來是一本寫不清的糊塗賬！

# 第二十五

在北京城而沒到過中央公園[4]的，要不是吝惜十個銅元，是沒有充分的時間丟在茶桌籐椅之間；要不是憎嫌那偉壯蒼老的綠柏紅牆，是缺乏賞鑒白臉紅唇藍衫紫褲子的美感；要不是厭惡那雪霽松風，雨後荷香的幽趣，是沒有排禦巴黎香水日本肥皂的抵抗力。假如吝惜十枚銅元去買門票，是主要原因，我們當千謝萬謝公園的管理人，能體諒花得起十枚銅元的人們的心，不致使臭汗氣戰勝了香水味。至於有十個銅元而不願去，那是你缺乏貴族式的審美心，你只好和一身臭汗，滿臉塵土的人們，同被排斥於翠柏古牆之外，你還怨誰？

王德住在城裡已有半年，凡是不買門票隨意入覽的地方，差不多全經涉目。他的小筆記本上已寫了不少，關於護國寺廟會上大姑娘如何坐在短凳上喝豆汁，土地廟內賣估衣的怎樣一起一落的唱著價錢，……可是對於這座古廟似的公園，卻未曾瞻仰過，雖然

4. 中央公園，即今中山公園。

他不斷的由天安門前的石路上走。

他現在總算掙了錢，掙錢的對面自然是花費；於是那座公園的鐵門攔不住他了。他也一手交票，一面越著一尺多高的石門限，仰著頭進去了。

比護國寺，土地廟……強多了！可是，自己的身分比在護國寺，土地廟低多了！在護國寺可以和大姑娘們坐在同一條板凳上，享受一碗酸而濃於牛乳的豆汁。喝完，一個銅元給出去，還可以找回小黃銅錢至於五六個之多。這裡，茶館裡的人們：一人一張椅子，一把茶壺，桌上還蓋著雪白的白布。人們把身子躺在椅子上，腳放在桌上，露出紅皮作的鞋底連半點塵土都沒有，比護國寺賣的小洋鏡子還亮。憑王德那件棉襖，那頂小帽，那雙布鞋，坐在那裡，要不過來兩個巡警，三個便衣偵探，那麼巡警偵探還是管幹什麼的！

他一連繞了三個圈，然後立在水榭東邊的大鐵籠外，看著那群鴨子，（還有一對鴛鴦呢！）伸著長長的脖子，一探一探的往塘畔一條沒有凍好的水裡送。在他左右只有幾個跟著老媽的小孩子嬌聲細氣的嚷：「進去了！又出來了！嘴裡銜著一條小魚！……」坐大椅子的人們是不看這個的。

他看了半天，腿有些發酸。路旁雖有幾條長木椅，可是不好意思坐下，因為他和一般人一樣的，有不願坐木椅的驕傲。設若他穿著貂皮大氅穩穩當當的坐在木椅上，第二天報紙上，也許有一段「富而無驕，偉人坐木椅」的新聞，不幸他沒有那件大氅，他要真坐在那裡，那手提金環手杖的人們，仰著臉，鼓著肚皮，用手杖指著那些古松，講究畫法，王德的鼻子，就許有被手杖打破之虞！

「還是找個清靜的地方去坐！」他對自己說。

他開始向東，從來今雨軒前面繞過北面去。更奇怪了！大廳裡坐著的文明人，吃東西不用筷子，用含有尚武精神的小刀小叉。王德心裡想：他們要打起架來，擲起刀叉，遊人得有多少受誤傷的！

吃洋飯，喝洋茶，而叫洋人拿茶斟酒，王德一點也不反對。因為他聽父親說過：幾十年前，洋人打破北京城，把有辮子的中國人都拴起來用大皮鞭子抽。（因此他的父親到後來才不堅決的反對剪髮。）那麼，叫洋人給我們端茶遞飯，也還不十分不合人道。不過，要只是吃洋飯，喝洋茶，穿洋服，除給洋人送錢以外，只能區區的恫嚇王德，王德能不能怕這冒充牌號的二號洋人！

然而王德確是失敗了，他從家裡出來的時候，雖沒有像武官們似的帶著衛兵，拿著炸彈，可是他腦中的刀劍，卻明晃晃的要脫鞘而出的衝殺一陣。可憐，現在他已經有些自餒了：「我為何不能坐在那裡充洋人？」他今日才像雪地上的烏鴉，覺出自己的黑醜，自己的寒酸！千幸萬幸，他還不十二分敬重「二號洋人」，這些念頭只在他心上微微的劃了一道傷痕，而沒至於出血；不然，那些充洋人的不全是胎裡富，也有的是由有王德今日的慚愧與希企而另進入一個新地域的！

王德低著頭往北走，走到北頭的河岸，好了，只有一片松林，並沒有多少遊人。他預料那裡是越來越人少的，因為遊公園的人們是不往人少的地方出悶鋒頭的。

他靠著東牆從樹隙往西邊的橋上看，還依稀的看得出行人的衣帽。及至他把眼光從遠處往回收，看見一株大樹下，左邊露著兩隻鞋，右邊也露著兩隻，而看不見人們的身體。那容易想到是兩個人背倚著樹，面向西坐著，而把腳斜伸著。再看，一雙是男鞋，一雙是女鞋，王德又大膽的斷定那是一男一女。

王德的好奇心，當時把牢騷趕跑，躡足潛蹤的走到那株樹後，背倚樹幹，面朝東牆，而且把腳斜伸出去坐下。你想：「假若他們回頭看見我的腳，他們可以斷定這裡一共六隻腳，自然是三個人。」

他坐下後，並聽不見樹那邊有什麼動靜，只好忍耐著。看看自己的腳，又回頭看看樹那邊的腳；看著看著，把自己的腳忽然收回來，因為他自己覺得那麼破的兩隻鞋在這樣美麗的地方陳列著，好像有些對不起誰似的。然而不甘心，看看樹那邊的鞋破不破。如果和我的一樣破，為什麼我單獨害羞。他探著頭先細細看那雙男鞋，覺得頗有些眼熟。想起來了，那是李應的新鞋。

「真要是李應，那一個必是她——李靜！」王德這樣想。於是又探過頭看那雙女鞋，因為他可以由鞋而斷定鞋的主人的。不是她，她的鞋是青的，這是藍的。「不是靜姐，誰？李應是見了女人躲出三丈多遠去的。別粗心，聽一聽。」樹那邊的男子咳嗽了兩聲。

「確是李應！奇怪！」他想著想著不覺的嘴裡喊出來：「李應！」

「啊！」樹那邊好像無意中答應了一聲。

王德剛往起立，李應已經走過來，穿著刺著紅字的救世軍軍衣。

「你幹什麼來了，王德？」李應的臉比番茄還紅。

「我——來看『鄉人攤』！」

「什麼？」

「鄉人攤！」王德笑著說。

「什麼意思？」

「你不記得《論語》上『鄉人攤，朝服立於阼階？』你看那茶館裡的臥椅小桌，擺著那稀奇古怪的男女，還不是鄉人攤？」

「王德，那是『鄉人儺』[5]，老張把字念錯！」

「可是改成攤，正合眼前光景，是不是？」

兩個人說著，從右邊轉過來一位姑娘。王德立刻把笑話收起，李應臉上像用鈍刀刮臉那麼刺鬧著。倒是那位姑娘坦然的問李應：「這是你的朋友？」

「是，這就是我常說的那個王德！」

「王先生！」那位姑娘笑著向王德點了點頭。

王德還了那位姑娘一個半截揖，又找補了一鞠躬，然後一語不發的呆著。

「你倒是給我介紹介紹！」她向李應說。

「王德，這是龍姑娘，我們在一處作事。」

王德又行了一禮，又呆起來。

李應不可笑，王德也不可笑，他們和受宮刑的人們一樣的不可笑。而可憐！

龍鳳的大方活潑，漸漸把兩個青年的羞澀解開，於是三個人又坐在樹下閒談起來。

5. 鄉人儺，「儺」讀「挪」，舊時迎神驅疫的儀式。這裡有意把「儺」改為「攤」，字形近似，變成了諷刺。

龍鳳是中國女人嗎？是！中國女人會這樣嗎？我「希望」有這麼一個，假如事實上找不到這麼一個。李應，龍鳳都拿著一卷《福音報》，王德明白他們是來這裡賣報而不是閒逛。

三人談了半天話，公園的人漸形多起來，李應們到前邊去賣報，王德到報館作工去了。

# 第二十六

北京的市自治運動，越發如火如荼進行的起勁。南城自治奉成會因為開會沒有搖鈴，而秩序單上分明寫著「振鈴開會」，會長的鼻子竟被會員打破。巡警把會所封禁，並且下令解散該會。於是城內外，大小，強弱，各自治團體紛紛開會討論對待警廳的辦法。有的主張緩進，去求一求內務總長的第七房新娶十三歲的小姨太太代為緩頰。有的主張強硬，結合全城市民向政府示威，龍樹古的意見也傾向於後者。

龍樹古在二郎廟召集了會議，討論的結果，是先在城北散一些宣言，以惹起市民的注意，然後再想別的方法。

散會後老張把龍會長叫到僻靜的地方，磋商龍鳳的身價問題。老張說：孫八已經肯出一千元。龍樹古說：一千出頭才肯商議。老張答應再向孫八商議。龍樹古又對老張說：如果不寫賣券，他情願送老張五十塊錢，老張依然皺著眉說不好辦，可是沒說不要五十塊錢。

「婚書總得寫？」老張問。

「我們信教的，不懂得什麼是婚書，只知道到教堂去求牧師祝婚。孫八要是不能由著我到教堂去行婚禮，那末我為什麼一定隨著他寫婚書？」龍樹古穩健而懇切的陳說。

「不寫婚書，什麼是憑據？別難為我，我是為你好，為你還清了債！」

「我明白，我不清債，誰賣女兒！不用說這宗便宜話！」

「我去和孫八說，成否我不敢定，五十元是準了？」

「沒錯！」

「好朋友！」

又是五十塊！老張心裡高興，臉上卻愁眉不展的去找孫八。

孫八散會後已回了家，回家自然是要吃飯。那麼，老張為何也回孫八的家？孫八才拿起飯碗，老張也跟著拿起飯碗。孫八是在孫八家裡拿起飯碗。老張也在孫八家裡拿起飯碗。老張的最主要的二支論法的邏輯學，於此又有了切實的證明。他的二支論法是：

「你的就是我的，我的就是我的。」

「八爺！今天人家老龍高抬腳作主席，我的臉真不知道往那裡放！」

「我的臉要沒發燒，那叫不要臉！你多辛苦！」孫八氣得像惹惱的小青蛤蟆一樣，把脖子氣得和肚子一般粗。

「可是，不用生氣。那個窮小子今天遞了降書，掛了白旗。」

「什麼降書？」孫八以為「降書」是新出版的一本什麼書。

「八爺！你是貴人多忘事，你的事自己永遠不記著。也好，你要作了總統，我當秘書長。不然，你把國家的事也都忘了。」

孫八笑了，大概笑的是「你作總統」。

「你沒看見嗎？」老張接著說：「今天老龍立在台上，只把眼睛釘在你身上。散會後他對我說，憑八爺的氣度面貌，決不委屈他的女兒。這就是降書！現在飯是熟了，可別等涼了！八爺你給個價錢！」

「我還真沒買過活人，不知道行市！」孫八很慎重的說。

「多少說個數目！」

「我看一百元就不少！」孫八算計了半天，才大膽的說。

老張把飯碗放下，掩著嘴，發出一陣尖而不近人情的怪笑。喉內格格的作響，把飯粒從鼻孔射出，直笑的孫八手足無措，好像白日遇見了紅眼白牙的笑鬼！

「一百元？八爺！我一個人的八爺！不如把一百元換成銅元，坐在床上數著玩，比買姑娘還妥當！我的八爺！」跟著又是一陣狂笑，好像他的骨髓裡含著從遠祖遺傳下來的毒質，遇到機會往外發散。

「太少？」孫八想不起說什麼來。

「你想想，買匹肥騾子得幾百不？何況那麼可愛的大姑娘！」

「你也得替我想，你知道叔父的脾氣，他要知道我成千論百的買人，能答應我不能？」

「可有一層啊，買人向來是秘密的事，你不會事前不對他說；事後只說一百元買的，這沒什麼難處。再說為入政界而娶妾，叔父自有喜歡的，還鬧脾氣？你真要給叔父買個小老婆，我準保叔父心花笑開罵你一陣。老人們的嘴和心，比北京到庫倫還遠，你信不信？」

「就是，就是！到底得用多少？」孫八明白了！像孫八這樣的好人，糊塗與明白的界線是不很清楚的。

小孩子最喜歡出閣的姐姐，因為問一答十，樣樣有趣，而且說的是別一家的事。孫八要是個孩子，老張就是他出閣的姐姐，他能使孫八聽到別一世界的事，另一種的理。

「賣古玩的不說價錢，憑買主的眼力，你反正心裡有個數！」

「辛苦！張先生！我真不懂行！」

要都是懂行的，古玩鋪去賺誰的錢！要都是懂行的，妓女還往誰身上散佈楊梅！

「這麼著，我替老龍說個數，聽明白了，這可是我替老龍說，我可分文不圖！據老龍的意思，得過千呢！」老張把手左右的擺，孫八隨著老張的手轉眼珠，好似老張是施展催眠術。

「過千——」

「哼！要寫賣券，還非過萬不行呢！照著親戚似的來往，過千就成！」

「自然是走親戚好！到底得一千幾？」

說也奇怪，老實人要是受了催眠，由慎重而變為荒唐比不老實人還快。

「一千出頭，那怕是一千零五塊呢。」

「就是一千零五罷！」孫八緊著說，惟恐落在後頭。

「哈哈……！八爺你太妙了！我說的是個比喻！假如你成千累萬的買東西，難道一添價就是五塊錢嗎？」

孫八低著頭計算，半天沒有說話。

「八爺！老張可不圖一個芝麻的便宜啊！你的錢，老龍的姑娘，咱們是白跑破了一對紅底青緞鞋！好朋友愛好朋友，八爺，說個痛快的！」

老張是沒機會到美國學些實驗心理學，可惜！不然，豈止於是一位哲學家呢！老張是沒有功夫多寫文章，可惜！不然他得寫出多麼美的文字！

話雖說了不少，飯可是沒吃完。因為吃幾口說幾句話，胃中有了休息的時候，於是越吃越餓，直到兩點多鐘，老張才說了一句不願意說而不能不說的「我夠了！」其實主要的原因，還是因為桌上的杯盤已經全空了。

飯後老張又振盪有致的向孫八勸誘。孫八結果認拿一千二百元作龍鳳的身價。

「八爺！大喜！大喜！改日喝你的喜酒！」

# 第二十七

除了李應姊弟與趙老夫婦外，王德的第一個朋友要算藍小山。藍先生是王德所在的報館的主任，除去主筆，要屬藍先生地位為最優。要是為他地位高，而王德欽敬他，那還怎算的了我們的好王德！實在，藍先生的人格，經驗，學問，樣樣足以使王德五體投地的敬畏。

王德自入報館所寫的稿子，只能說他寫過，而未經印在報紙上一次。最初他把稿子裝在信封裡，交與主筆，而後由主筆扔在字紙簍裡；除了他自己不痛快而外，未曾告訴過旁人，甚至於李氏姊弟；因為青年是有一宗自尊而不肯示弱於人的心。後來他漸漸和藍先生熟識，使他不自主的把稿子拿出來，請藍先生批評；於此見出王德和別的有志少年是一樣，見著真有本事的人是甘於虛心受教的。有的稿子藍先生批評的真中肯，就是王德自己是主筆，也不肯，至於不能，收那樣的稿子。有的藍先生卻十分誇獎：文筆怎樣通順，內容怎樣有趣；使王德不能不感激他的賞識，而更恨主筆的瞎眼。

藍先生的面貌並不俊俏，可是風流大雅，王德自然不是以貌取人的。

藍先生大概有二十五六歲，一張瘦秀橢圓的臉，中間懸著一支有稜有角的尖鼻。鼻樑高處掛著一對金絲藍光小眼鏡，淺淺的藍光遮著一雙「對眼」，看東西的時候，左右眼珠向鼻部集中，一半侵入眼角，好像鼻部很有空地作眼珠的休息室；往大了說，好似被天狗吞過一半，同時並舉的日月蝕，不過有藍眼鏡的遮掩，從遠處看不大出來。薄薄的嘴唇，留著日本式的小鬍子，顯出少年老成。長長的頭髮，直披到項部，和西洋的詩哲有同樣的豐度。現在穿著一件黑羔皮袍，外罩一件淺黃色的河南綢大衫。手裡一把白馬尾拂塵，風兒吹過，綢大衫在下部飄起，白拂塵遮滿前胸，長頭髮散在項後，上中下三部迎風亂舞，真是飄然欲仙。頭上一頂青緞小帽，縫著一個紅絲線結，因頭髮過厚的原因，帽沿的垂直線前邊齊眉，後邊只到耳際。足下一雙青緞綠皮臉厚底官靴，膝部露著駝毛織的高筒洋式運動襪。更覺得輕靴小袖，嫵媚多姿！

別的先不用說，單是關於世界上的教育問題的著作，據他告訴王德，曾念過全世界總數的四分之三。他本是個教育家，因與辦教育的人們意見不合，才辭了教席而入報界服務。現在他關於「報館組織學」和「新聞學」的書又念了全數的四分之三。論實在的，他真念過四分之四，不過天性謙虛，不願扯滿說話；加以「三」字的聲音比「四」

字響亮，所以永遠說四分之三。

王德遭主筆的冷眼，本想辭職不幹，倒是經藍先生的感動，好似不好意思離開這樣的好人。

「大生！」藍先生送給王德的號是「大生」；本於「大德曰生」。王德後來見醫生門外懸的匾額真有這麼一句，心中更加悅服。而且非常驕傲的使人叫他「大生」。有的時候也覺得對他不十分恭敬似的，如果人們叫他「王德」。藍先生說：「你的朋友叫什麼來著？我說的是那個信耶穌教的。」藍先生用右手食指彈著紙煙的煙灰，嘴中把吸進去的煙從鼻孔送出來，又用嘴唇把鼻孔送出來的煙捲進去，作一個小循環。一雙對眼從眼鏡框下邊，往下看著煙霧的旋轉，輕輕的點頭，好似含著多少詩思與玄想！

「李應。」王德說。

「不錯！我這幾天寫文章過多，腦子有些不大好。他為什麼信教？」

「他——他本是個誠實人，經環境的壓迫，他有些不能自信，又不信社會上的一切，所以引起對於宗教的熱心。據我想這是他信教的原因，不敢說準是這樣。」王德真長了經驗，說話至於不把應當說的說圓滿了！

「那是他心理的微弱！你不懂『心理學』罷？」

「『心理學』——」

「我從你頭一天到這裡就看出你不懂『心理學』，也就是我的『心理學』的應用。」

王德真感動了！一見面就看出懂不懂『心理學』，而且是『心理學』的應用！太有學問了！王德把自傲的心整個的收起來，率直的說：

「我不明白『心理學』！」

「你自然不明白！就是我學了三年現在還不敢說全通。我只能說明白些『宗教心理』，『政治心理』，至於『地理心理』，『植物心理』，可就不大通了！好在我明白的是重要的，後幾項不明白還不甚要緊。」

「到底『心理學』是什麼，有什麼用？」王德懇切的問。

「『心理學』是觀察人心的學問！」

王德依舊不明白，又問：「先生能給我一個比喻嗎？」

「大生！叫我『小山』，別天天叫先生，一處作事，就該親兄弟一樣，不要客氣！至於舉個例——可不容易。」藍先生把手托住腦門，靜靜的想了三四分鐘。「有了！你明白咱們主筆的脾氣不明白？」

「我不明白！」王德回答。

「是啊！這就是你不明白『心理學』的原因。假如你明白，你就能從一個人的言語，動作，看出他的心。比如說，你送稿子給咱們主筆，他看了一定先皺眉。你要是明白他的心理，就可斷定這一皺眉是他有意收你稿子的表示，因為那是主筆的身分。他一皺眉，你趕快說：『請先生刪改』。你的稿子算準登出來。你要是不明白這一點，他一皺眉，你跟他辨別好歹，得，你就上字紙簍去找你的稿子罷！這淺而易懂，這就是『心理學』！」

王德明白了！不是我的稿子不好，原來是缺乏「心理學」的知識。但是人人都明白「心理學」，那麼天下的事，是不是只要逢迎諂媚呢？他心中疑惑，而不敢多問，反正先生有學問，縱然不全對，也比我強得多。

「是！我明白了！」王德只能這樣回答！

「大生！以後你寫稿子，不必客氣，先交給我，我替你看了，再送給主筆，我敢保他一定採用。我粗粗的一看，並不費神，你一月多得幾塊錢，豈不很好！」藍小山把將吸盡的煙頭，猛的吸了一口，又看了看，不能再吸，才照定痰盂擲去。然後伸出舌頭舐了舐焦黃的嘴唇。

「謝謝你的厚意。」王德著實感激小山。

「大生，你一月拿多少錢？」

「從報館？」

「從家裡！」

「我只從報館拿十塊錢，不和家裡要錢。」王德很得意他的獨立生活。

「十塊錢如何夠花的！」

「儉省著自有剩錢的！」

「奇怪！我在這裡一月拿五十，還得和家裡要六十，有時候還不夠。我父親在東三省有五個買賣，前任總統請他作農商總長，你猜他說什麼？『就憑總統年青的時候和我一同念書那樣淘氣，現在叫我在他手下作事，我不能丟那個臉！』你說老人家夠多麼固執！所以他現在寧多給我錢，也不許我入政界，不然我也早作次長了！」

王德又明白了：不怪小山那樣大雅，本來人家是富家子弟，富家子弟而居然肯用功讀書，毫無驕慢的態度，就太可佩服了！

「大生！」小山接著說：「你要真是能省錢，為何不儲蓄起來？我不儲蓄錢，可是永遠叫朋友們作，誰能保事情永遠順心；有些積蓄，是最保險！」藍小山順手從衣袋中掏出幾本紅皮的小本子在王德眼前擺了一擺，然後又放在衣袋裡。王德彷彿看見那些小紅本上印著金字像「大同銀行」的字樣。藍小山接著說：「我看不起金錢，可是不反對別人儲蓄錢，因為貧富不同，不可一概而論的。我父親的五個買賣之中，一個就是銀號，所以朋友們很有托我給他們辦理存款的事的。大生！你要有意存錢，不拘數目多麼小，我可以幫你的忙！」

「是！等我過一兩個月，把衣服齊整齊整，一定托你給我辦。」王德心裡不知怎樣誇讚小山才好。有錢的人而能體諒沒錢的，要不是有學問，有涵養，焉能有這樣高明的見解。

「幹什麼買衣服？你看我！」小山掀起那件河南綢的大衫，「就是這件大衫，我還嫌他華麗，要不是有時候去見重要人，就這件袍罩我全不穿！肚子裡有學問，不在穿得好壞。」

「那麼我下月薪水下來就托你給我存在銀行裡兩塊錢！」

王德不敢多說，因為每句話都被小山批評得懇切刺心。

「你也可以自己到銀行裡去！」

「我向來沒上過銀行。」

「交給我也好，好在存款的摺子，你自己拿著，自然不至不放心！」

「你替我拿著，比我還可靠，那能不放心！」

「自然，這五本全是我朋友的存款單，一本也不是我自己的。」小山又指了指他自己的衣袋。

小山又說了些別的話，王德增長不少知識。然後小山進城去辦事，王德開始作他的工作。

王德真喜歡了！自幼至今除了李應的叔父，還沒遇過一個有學問像藍小山的。就是以李應的叔父比藍小山，那個老人還欠一些新知識。以李應比小山，李應不過是個性情相投的朋友，於學問上是得不著什麼益處的，而小山，只有小山，是道德學問樣樣完美的真正益友！

王德歡歡喜喜的作完工，一路唱著走進城來。風還是很大，路上還是很靜寂，可是快樂是打破一切黑暗的利器；而有好朋友又是天下第一的樂事，王德的心境何獨不然。

# 第二十八

趙姑母又老掉了一個牙，恰巧落牙的時候，正是舊曆的除夕；她以為這是去舊迎新的吉兆，於是歡歡喜喜的預備年菜。李靜也跟著忙碌。趙姑父半夜才回來，三個人說笑一陣。趙姑母告訴丈夫，她掉了一個牙。他笑著答應給她安一個金牙，假如來年財神保佑鋪子多賺些錢。她恐怕吞了金，執意不肯。於是作為罷論。

王德回家去過年，給父親買了一條活魚，有二尺長。給李應的叔父買了一支大肥雞。王老者笑的把眉眼都攢在一處捨不得分開，開始承認兒子有志氣能掙錢。他把魚殺了，把魚鱗拋在門外，凍在地上，以便向鄰居陳說，他兒子居然能買一條二尺見長歡蹦亂跳的活魚。

李應也回家看叔父，買了些食物以討叔父的歡心。可是李老人依舊不言不語，心中像有無限的煩苦。

孫八爺帶著小三，小四一天進城至於五六次之多，購辦一切年貨。小三，小四偷著把供佛的年糕上面的棗子偷吃了五個，小三被他母親打了一頓，小四跑到西院去搬來祖父孫守備說情，才算脫出危險。

老張算帳討債，直到天明才完事。自己居然瘋了似的喝了一盅酒，吃兩個值三個銅元一個的雞卵。而且給他夫人一頓白米粥吃——一頓管飽的白米粥！老張因年歲的關係，志氣是有些消沉，行為是有些顛狂！真給妻子一頓白米粥吃！

龍樹古父女也不燒香，也不迎神，只是被街上爆竹吵的不能睡。父女烤著火爐，談了一回，又玩一回撲克牌。

南飛生新近把勸學員（學務大人）由「署理」改為「實任」。親友送禮慶賀者，不乏其人，他把他夫人的金鐲典當三十塊錢，才把禮物還清，好不忙碌。快樂能使人忙碌，忙碌也生快樂，南大人自然也忙也樂，或是且忙且樂！藍小山先生大除夕的還研究「植物心理學」，念到半夜又作了幾首詩。藍先生到底與眾不同！

每個人有他自己異於別人的生趣與事業，不能一樣，也無須一樣。可是對於年節好似無論誰也免不了有一番感觸，正如時辰鐘到了一定的時候就響一聲或好幾聲。生命好似量時間的機器！

…………

「新禧！新禧！多多發財！」人們全這樣說著。「大地回春，人壽年豐，福自天來，……」紅紙黑字這樣貼在門上。

新年！難道不是？

快樂！為什麼不？

賀年！誰敢不去？

「！」對了！「？」自尋苦惱！

沒告訴你世界就是那麼一團亂氣嗎？

蝸牛負著笨重的硬殼，負著！

傻象（其實心裡不傻）插著長而粗的牙，插著！人們扛著沉而舊的社會，扛著！熱了脫去大衫，冷了穿上棉袍，比蝸牛冬夏常青穿著灰色小蓋聰明多了！社會變成蝸牛殼一樣，生命也許更穩固。夏天露出小犄角，冬天去蟄宿，難道不舒服？一時半刻那能變成蝸牛，那麼，等著罷！

第一個到孫八家裡賀年的，誰也猜得到是老張。孫八近來受新禮教的陶染，頗知道以「鞠躬」代「叩首」，一點也不失禮。可是老張卻主持：既是賀舊曆新春就不該用新禮。於是非給孫八磕頭不可。他不等孫八謙讓，早已恭恭敬敬的匍匐地上磕了三個頭。

然後又堅持非給八嫂行禮不可。幸而孫八還明白：老張是老師，萬沒有給學生家長內眷行禮的道理；死勸活說的，老張才不大高興的停止。

中國是天字第一號的禮教之邦。就是那不甚識字的文明中國人也會說一句：「禮多人不怪。」

孫八受了老張的禮，心中好過不去；想了半天，把小三，小四叫進來，叫他們給老張行禮，作為回拜。

小三，小四還年幼，不甚明白什麼揖讓進退，誰也不願意給老師磕頭。孫八強迫著他們，小三磕了一個頭站起就跑，小四把手扶在地上，只輕輕點了幾點頭。老師卻不注意那個，反正有人跪在面前，就算威風不小。

兩個人坐下閒談，談來談去，又談到老張日夜計畫的那件事上。

「八爺，大喜！老龍已答應了你給的價錢！」

「是嗎？」孫八彷彿聽到萬也想不到的事情！

「是！現在只聽你選擇吉期！錢自然是在吉期以前給他的！」

「他得給我字據，或立婚書！」孫八問。

「八爺！只有這一件事對不起你，我把嘴已說破，老龍怎麼也不肯寫婚書！他也有他的理由，他們信教的不供財神，和不供子孫娘娘，月下老人一樣！他不要求你到教堂行婚禮，已經是讓步！」老張鎖著眉頭，心中好像萬分難過。

孫八看老張那樣可憐，不好意思緊往下追，可是還不能不問：

「沒婚書，什麼是憑證？」

老張低著頭，沒有回答。孫八也不再往上問。

「要不這麼辦，」老張眼中真含著兩顆人造的淚珠。「八爺。你信得及我呢，把錢交給我，等你把人抬過來，我再把錢交給老龍。他知道錢在我手裡不能不放心。八爺，你看怎樣？再不然呢，我把我的新媳婦給你，假如你抱了空窩，受了騙！」

「你的新媳婦？張先生你可真算有心，為什麼以前不告訴我？」

「以前跟你說過，我也有意於此，現在雖有七八成，到底還沒定規準。」

「誰家的姑娘？」

「我只能告訴你，她是咱村裡的，等大定規了，我再告訴你她的姓名。我很盼望和你能在同日結婚湊個熱鬧，只是一時不能辦妥，怕你等不了我。」

「再有一兩個月還不成？」

「不敢說。」

「快辦，一塊熱鬧！」孫八笑著說。

好人受魔鬼試探的時候，比不好人變的還快。孫八好像對於買姑娘販人口是家常便飯似的隨便說了，不但一點不以為奇，而且催著別人快辦。世上不怕有藍臉的惡鬼，只怕有黃臉的傻好人。因為他們能，也甘心，作惡鬼的奴僕，聽惡鬼的指使，不自覺的給惡鬼擴充勢力。社會永遠不會清明，並不是因惡鬼的作祟，是那群傻好人醉生夢死的瞎搗亂。惡鬼可以用刀用槍去驅逐，而傻好人是不露形跡的在樹根底下鑽窟窿的。

孫八是個好人，傻好人，唯獨他肯被老張騎著走。老張要是幸而有懺悔的機會，孫八還許阻止他。老張明白他自己，是可善可惡的，而孫八是一塊黑炭，自己不知道自己怎麼就黑了，而且想不起怎麼就不黑了，因為他就沒心。

「快！我緊著辦！大概五月節以前可以妥當了！」老張說。

「好，我預備我的，你去快辦你的！什麼時候交錢，我聽你的信。就照你的主意辦！」

老張又給孫八出了許多主意，怎樣預備一切，孫八一五一十的都刻在心上，奉為金科玉律。

老張告辭回家，孫八把他送出大門外，臨別囑咐老張：

「別叫叔父和你八嫂子知道了！」

# 第二十九

趙四何許人也？戲園飯店找不著他，公園文社找不著他……。他在我們面前，只在德勝橋摔破了腿，後來把李應介紹到救世軍去。只知道他是趙四，他的父母，祖父母，當人們問他的時候，他只一笑的說：「他們都隨著老人們死了。」至於趙夫人，我們也只能從理想上覺得，似乎應當有這麼一位女人，而在事實上，趙四說：「憑咱的一副面孔，一件藍小褂，也說娶婦生子？」

趙四在變成洋車夫以前，也是個有錢而自由的人。從他的鄰居們的談話，我們還可以得到一些現在趙四決不自己承認的事實。聽說他少年的時候也頗體面，而且極有人緣在鄉里之中。他曾在新年第二日祭財神的時候，買過八十多條小活鯉魚，放在一個大竹籃內，挨著門分送給他的鄰居，因為他們是沒錢或吝嗇買活魚祭神的。他曾架著白肚鷹，拉著黃尾犬，披著長穗羊皮袍，帶著燒酒牛肉乾，到北山山環內去拿小白狐狸；灰色或草黃的，看見也不拿。他曾穿著白夏布大衫，青緞鞋，噗咚一聲的跳在西直門外的小河裡去救一個自盡的大姑娘。你看人們那個笑他！他曾招集翹課的學童們在城外會面，去到葦塘捉那黃嘴邊的小葦雀，然後一同到飯館每人三十個羊肉東瓜餡的煮餃子，吃完了一散。……

常人好的事，他不好；常人不好的事，他好。常人為自己打算的事，他不打算；常人為別人不打算的事，他都張羅著。

他的高興還沒盡，而他的錢淨了！平日給人家的錢，因為他不希望往回討，現在也就要不回來；而且受過他的好處的人，現在比沒受過他的錢的還不願招呼他。有好幾次，他上前向他們道辛苦，他們扭轉脖項，給他看後腦瓢。於是趙四去到城外，撿了一堆磚塊，在城牆上用白灰畫了個圓圈，練習腕力和瞄準，預備打他們的腦瓢。

在趙四想，這不過是一種遊戲：有錢的時候用餃子耍你們，沒錢的時候用磚塊耍你們，性質本來是一樣的。誰想頭部不堅固的人們，只能享受煮餃子，而受不住磚塊。有一次竟打破了一個人的腦袋而咕喙咕喙的往外冒動物所應有的紅而濃的血。於是趙四被巡警拿到監獄中，作了三個月的苦力。

普通人對於下過獄的人們，往往輕描淡寫的加以徽號曰「土匪」，而土匪們對於下過獄的人們，瞻以嘉名曰「好漢」。那一個對？不敢說。

趙四被大鐵鍊鎖著的時候，並不覺得自己是土匪，也不自認為好漢。因為要是土匪，他的劣跡在那裡？要是好漢，為什麼被人家拿鎖瘋狗的鏈子拴上？

可是他漸漸明白了：有錢便是好漢，沒錢的便是土匪，由富而貧的便是由好漢而土匪。他也明白了：人們日用的一切名詞並沒有定而不移的標準，而是另有一些東西埋伏在名詞的背後。他並沒改了他舊日的態度，他只是要明白到底怎麼樣才算一條好漢。而身入監獄，倒像給了他得以深思默想的好機會。有錢是好漢？沒錢是土匪？他又從新估量了！

他又悟出一條笨道理來。作好漢不一定靠著錢，果然肯替別人賣命，也許比把錢給人更強。假如不買鯉魚分送鄰居，而替他們作幾樁賣力氣的事，或者他們不至於把我像鯉魚似的對待，——鯉魚是冷血動物，當然引不起熱血動物的好感。

他想到這裡，於是去找牢中的難友討論這個問題。有的告訴他，幫助別人是自找無趣，金錢與心力是無分別的，因為不願幫助人的，在受別人幫助後不會用自己不願幫助別人的心想明白別人有愛人的心。不圖便宜，誰肯白白替別人作事！有的笑著而輕慢的說，假若你把磚頭打在國務總理腦袋上，你早到法國兵營，或荷蘭使館去享福了。用磚頭打普通人是和給錢與他們一樣不生好結果的。有的說，到底金錢是有用的，以金錢買名譽是貨真價廉的；你以前的失敗，是因為你的錢花的不當，而不是錢不肯叫你作好漢。在正陽門大街上給叫化子半個銅元，比在北城根舍整套的棉衣還體面；半夜出來要飯的是天然該餓死，聰明而願作好漢的誰肯半夜黑影裡施錢作好人！……

趙四迷惑了，然而在夜靜的時候自己還覺得自己想的對。於是他出獄之後，早晨把家裡的零碎東西拿到早市去賣，下半天便設法幫助別人，以實行他作好漢的理想。

有一次他把一個清道夫的水瓢搶過來替他往街心灑水，被巡警打了幾拳，而且後來聽說那個清道夫也被免了職。有一次他替鄰家去買東西，他賠了十幾多個銅元的車錢，而結果鄰舍們全聽說趙四替人家買東西而賺了錢！有一次他替一位病婦半夜裡去請醫生，醫生睏眼朦朧的下錯了藥，而人們全瞞怨趙四時運不濟至於把有名的醫生連累的下錯了藥！……

他灰心了！獄中想出的哲學到現在算是充分的證明，全不對！捨己救人也要湊好了機會，不然，你把肉割下來給別人吃，人們還許說你的肉中含有傳染病的細菌。

他的東西賣淨了，現在是自己活著與死的問題了！他真算是個傻老，生死之際還想那條吃飯的道路可以掙飯吃而又作好事。他不能不去拉洋車了，然而他依然想，拉洋車是何等義勇的事：人家有急事，咱拉著他跑，這不是捨命救人！

哈哈！坐車的上了車如同雇了兩條腿的一個小牛，下了車把錢甚至於扔在地上，不用還說一聲「勞駕」！或「辛苦了」！更難堪的，向日熟識的人，以至於受過趙四的好處的人，當看見他在路上飛跑的時候，他們嚷：「趙四！留神地上的冰，別把耳朵跌在腔子裡去，跌進去可就不方便聽罵啦！」他從前認識的和尚道士們稱他為施主，為善人，現在卻老著面皮向他說：「拉洋車的，廟前不是停車處，滾！」當趙四把車停在廟外以便等著燒香的人們的時候。

其實「拉洋車的」或是「洋車夫」這樣的頭銜正和人們管教書的叫「教員」，住在南海的那位先生叫「總統」有同樣的意義，趙四決不介意在這一點上。不過有時候巡警叫他「怯八義」「傻鐺鐺」……趙四未免發怒，因為他對於這些名詞，完全尋不出意義；而且似乎窮人便可以任意被人呼牛呼馬而毫無抵抗力的。

「人是被錢管著的萬物之靈！」老張真對了！趙四沒有老張那樣的哲學思想，只粗野的說：「沒錢不算人！」

人們當困窘的極點或富足的極點，宗教的信仰最易侵入；性質是一樣的，全是要活著，要多活！

可是趙四呢，信孔教的人們不管他，信呂祖的人們不理他，佛門弟子嘲笑他。這樣，他是沒有機會發動對於宗教的熱心的。不幸，偏有那最粗淺而含洋氣的救世軍歡迎他和歡迎別人一樣，而且管他叫「先生」。於是趙四降服了，往小處說，三四年了，就沒聽過一個人管他叫「先生」。其實趙四也傻，叫一聲「先生」又算什麼！「先生」和「不先生」分別在那裡？而趙四偏有這一點虛榮心！傻人！

有學問的人嫌基督教是個好勇鬥狠的宗教。而在趙四想：「學學好勇，和鬼子一般蠻橫，頂著洋人的上帝打洋人，有何不可！」傻哉趙四！和別的普通中國人一樣不懂大乘佛法，比普通中國人還傻，去信洋教！

趙四自入救世軍，便一半給龍樹古拉車，一半幫助教會作事，掙錢不多，而確乎有一些樂趣；至不濟，會中人總稱呼他「先生」。

# 第三十

趙四與李應是老街坊；李應在他叔父未窮的時候，也是住在城裡的。……

李應在家裡住了三天，也算過了新年。先到姑母家，然後到龍樹古家，都說了些吉祥話。最後轉到教會去找趙四。見了趙四，不好意思不說一句「新喜」！不是自己喜歡說，也不是趙四一定要他說，只是他覺的不說到底欠著一些什麼似的。

「有什麼可喜？兄弟！」趙四張著大嘴笑的把舌根喉孔都被看見，拉著李應的手問李老人身體怎樣。他不懂得什麼排場規矩，然而他有一片真心。

這時候會裡沒有多少人，趙四把他屋裡的小火爐添滿了煤；放上一把水壺，兩個人開始閒談。

趙四管比他年長的叫哥哥，小的叫兄弟。因為他既無子侄，又永遠不肯受他人的尊稱，所以他也不稱呼別人作叔，伯，或祖父。他記得西城溝沿住的馬六，在四十二歲的時候，認了一個四十歲的義父，那位先生後來娶了馬六的第一個女兒作妾，於是馬六由義子而升為老泰山。趙四每想起來，就替他們為難：設若馬六的女兒生下個小孩子，應當算馬六的孫呢，還是兄弟？若馬六是個外國人，倒好辦；不幸馬六是中國人而必定把家庭輩數尊長弄的清清楚楚，欲清楚而不得，則家庭綱紀弛矣！故趙四堅持「無輩數主義」，一律以兄弟相稱，並非僅免去稱呼之繁歧，實有益於行為如馬六者焉！

「兄弟！」這是趙四叫李應。「為什麼愁眉不展的？」

「哼！」李應很酸苦的笑了一笑。

「有心事？」

「四哥！你明白這個世界上沒有可樂的事！」

「好兄弟，別和四哥耍文理，四哥不懂！我知道大餅十個銅元一斤，你要沒吃的，我分給你半斤，我也吃半斤，這叫愛人。順心的一塊說笑；看著從心裡不愛的呢，少理他；看著所不像人的呢，打，殺，這叫愛惡人；因為把惡人殺了，省得他多作些惡事，也叫愛人！有什麼心事，告訴我，我也許有用！」

「四哥！我告訴你，你可別對外人說呀！」

「我和誰去說？對總統去說？人家管咱們拉洋車的臭事嗎！」

屋中的火燒的紅紅的，趙四把小棉袍脫下來，赤著背，露著鐵鑄的臂膀；穿著一條一條一條的青筋。

「四哥！穿上衣服，萬一受了寒！」

「受寒？屋裡光著，比雪地裡飛跑把汗凍在背上舒服的多！說你的事！」趙四說完，兩隻大手拍著胸膛；又把右臂一掄，從腋下擠出「瓜」的一聲。

「我有兩件事：一件是為自己，一件是為我姐姐！」李應慢慢的說。

「我知道小靜兒，哼，不見她有幾年了！」趙四腋下又「瓜」的響了一聲。

「先說我自己的事！」李應臉紅了！「四哥！你知道鳳姑娘？」

「我怎麼不知道，天天見。」

「年前龍軍官對我說，要把她許給我。」

「自然你愛她！」趙四立起來。

「是！」

趙四跳起來，好似非洲土人的跳舞。腋下又擠的「瓜」的一聲響，恰巧門外放了一個大爆竹，趙四直往腋下看，他以為腋下藏著一個炸彈。然後蹲在地上，笑的說不出話。

「四哥你怎麼了？」李應有些起疑。

「好小子愛好姑娘，還不樂！」

「先別樂！我身上就這一件棉袍。手中分文沒有，叫我還敢往結婚上想！我一面不敢過拂龍軍官的好意，一面又不敢冒險去作，我想了幾天也不敢和叔父說。」李應看著爐中的火苗，跳跳鑽鑽的像一群赤著身的小紅鬼。

「定下婚，過幾年再娶！」

「四哥，你還不明白這件事的內容。」

「本來你不說，我怎能明白！」

「龍軍官欠城外老張的錢，現在老張迫著他把鳳姑娘給城外孫八作妾，所以龍軍官急於叫我們結婚，他好單獨對付老張。說到老張，就與我的姐姐有關係了：他要娶我姐姐折我叔父欠他的債。我第一不能結婚，因為又年青又窮；第二我不能只管自己而把我叔父和姐姐放在一旁不管……」

「兄弟！你要這麼告訴我，我一輩子也明白不了！老張是誰？孫八是怎麼個東西？」趙四把眼睛瞪的像兩個肉包子，心中又著了火。

李應也笑了，從新把一切的關係說了一遍。

「是殺老張去，還是用別的法子救她？」李應問。

「等等！咱想一想！」趙四把短棉襖又穿上，臉朝著牆想。

「兄弟！你回家去！四哥有辦法！」

「有什麼辦法？」

「現在不能說，一說出來就不靈驗了！」

李應又坐了一會兒，趙四一句話也沒說。李應迷迷糊糊的走出教會，趙四還坐在那裡像位得道的活神仙。

# 第三十一

藍小山告訴王德，他每天到飯館吃飯至少要用一塊半錢，而吃的不能適口。王德不曉得一塊多錢的飯怎樣吃法，因為他只吃過至多二毛錢一頓的；可是不能不信沒有這樣的事，雖然自己沒經驗過。

報館開張了，王德早早的來上工。他一進門只見看門的左手捧著一張報紙，上面放著一張薄而小的黑糖芝麻醬餅；右手拿著一碗白開水往藍小山的屋裡走。

王德沒吃過一塊半錢一頓的飯，可是吃過糖餅，而糖餅決不是一塊半錢一張，況且那麼薄而小的一張！藍小山正坐在屋裡，由玻璃窗中看見王德。

「大生進來！」

王德不好意思拒絕，和看門的前後腳進去。看門的問：「要別的東西不要，藍先生？」

「去罷！」小山對僕人的詞調永遠是簡單而含有命令氣的。王德坐下，小山拿起糖餅細嚼緩咽的自由著。

「我的胃可受不了那麼油膩的東西！你知道，親友到年節非請我吃飯不可。他們的年菜是油多肉多，吃的我肚子疼的不了；不吃罷，他們又要說我驕傲擇食！難題，難題！今天我特意買張糖餅吃，你知道，芝麻醬是最能補肚子的！中國家庭非改革不可，以至於作飯的方法都非大改特改不可！」小山說著把餅吃完，又把一碗開水輕輕的灌下去。喝完水，從抽屜裡拿出兩塊金黃色橘子皮。把一塊放在口中含著，把那一塊放在手心裡，像銀號老闆看銀子成色的樣子，向王德說：「大生！說也可笑！一件平常的事，昨天一桌十幾多個人會都不知道。」

「什麼事，小山？」

「你看，橘子是廣州來的最好，可是怎能試驗是不是廣州貨呢？」

「我不知道！」

「你也不知道？你看這裡！」小山把橘皮硬面朝外，白皮朝裡往牆上一貼，真的貼住了！「這是廣州來的！貼不上的是假的！昨天在西食堂吃大餐，我貼給他們看；這是常識！」

小山說罷，從牆上把橘皮揭下來又放在抽屜裡。

兩個人談來談去，談到婚姻問題。談男女的關係是一班新青年最得意的事。而且兩個男的談過一回關於女子的事，當時覺得交情深厚了許多。

「我明白女子的心理，比男子的還清楚，雖然我是男子。」小山說。「我明白戀愛原理比誰也透澈，雖然我現在無意於結婚，女子就是擦紅抹粉引誘男性的一種好看而毫無實在的東西！戀愛就是苟合的另一名詞，看見女子，不管黑白，上去誘她一回。你看透她的心理，壯著你自己的膽量，你就算是戀愛大家！我現在無意結婚，等我說要時候，我立在中央公園不用說話，女的就能把我圍上！」

「我──我不敢──」

「有話請說，好在是閒談。」

「我不敢說你的經驗準對。」王德的臉又紅了！「我信女子是什麼都可以犧牲的，假如她愛一個男子，男子不明白她們，反而看著她們是軟弱，是依賴！至於戀愛的道理我一點也不懂，可是我覺得並不是苟合，而是神聖！」

王德說不出道理來，尤其這是頭一次和小山辯論，心中不能坦然的細想，就是想起來的，口中也傳達不出來。小山把一雙眼珠又集中在鼻部，不住的點頭。

「大生！你是沒交結過女的，所以你看她們那麼高。等你受過她們的害以後，你就明白我的話了！」

「我也有個女朋友……」王德被人一激，立刻把實話說出來。後悔了，然而收不回來了！

「是嗎？」小山摘下眼鏡，擦了擦眼鏡，揉了揉眼。面部的筋肉全皺起來，皺起的紋縷，也不是哭的表示，也不是笑，更不是半哭半笑，於無可形容之中找出略為相近的說，好像英國七楞八瓣的小「牛頭狗」的臉。

「是！」王德永遠看不起「說過不算」的人，於是很勇敢的這樣承認。

「告訴我，她是誰？我好幫助你把她弄到手！」小山用比皮襖袖子長出一塊的那件綢大衫的袖子，輕輕拂了王德的臉一下。

「她與我和親姊弟一般，如今我們希望比姊弟的關係更進一層！我不願聽這個『弄』字，我十分敬愛她！」王德今天開始有一些不愛小山了，然而只在講愛情的一點，至於別的學問，小山依舊是小山；人們那能十全呢？會作好詩好文的，有時候許作出極不光榮的事，然而他的詩文，仍有他的價值。

「到底她是誰？『弄』罷『不弄』罷，反正我是一片好心要幫助你！女子的心理你不如我明白的多！」

「李應的姐姐，我們自幼就相知！」王德很鄭重的說。

「嘔！在教會的那個李應？」

「他的姐姐！」

「好！好！你們已訂婚？」

「彼此心許，沒有正式的定規！」

「好！我幫助你！我無意結婚，因為我看女子是玩物，我看不起她們，可是我願幫助別人成其好事，借此或者也可以改一改我對於女子的成見！」

王德——誠實的少年——把一切的情形告訴小山。小山滿口答應替王德出力，然後兩個人分頭去作他們的事。

…………

老張與藍小山的哲學不同，所以他們對於女子的態度也不同。老張買女子和買估衣一樣，又要貨好又要便宜；穿著不合適可以再賣出去。小山是除自己祖母以外，是女人就可以下手，如其有機可乘！從講愛情上說，並不是祖母有什麼一定的難處，實在因為她年老了！諂媚她們，把小便宜給她們，她們是三說兩說就落在你的陷阱。玩耍膩了一個，再去諂媚別個，把小便宜給別個，於是你得新棄舊，新的向你笑，舊的向你哭，反正她們的哭笑是自作自受！

老張要不是因人家欠他的債，是不肯拿錢買人的，可是折債到底是損失金錢，於此，他不如小山只費兩角錢為女人們買一張電影票！那不是老張的腦力弱於小山，見解低於小山，而是老張與小山所代表的時代不同，代表的文化不同！老張是正統的十八世紀的中國文化，而小山所有的是二十世紀的西洋文明。老張不易明白小山，小山不易明白老張，不幸他們住在同一個社會裡，所以他們免不了起衝突，相攻擊，而越發的彼此不相能。不然，以老張的聰明何苦不買一張電影票弄個女的，而一定折幾百元的債！不然，小山何不花三百元買進，而五百元賣出，平白賺二百元錢，而且賣出之前，還可以同她……

# 第三十二

「婦女是幹什麼的？」

王德聽了藍小山的話，心中疑惑，回家之後當著趙姑母又不敢問李靜，於是寫了一個小紙條偷偷的遞給李靜。李靜的答覆，也寫在一個紙條上，是：

「婦女是給男人作玩物的！」

王德更懷疑了：藍小山這樣說，李靜也這樣說！不明白！再寫一個紙條，細問！

寫紙條是青年學生最愛作的，如果人們把那些字紙條搜集起來，可以作好好的一篇青年心理學。可惜那些紙條不是撕了，就是擲在火爐內；王德是把紙條放在嘴裡嚼爛而後唾在痰盂內的。幾年前他遞給一個學友一張紙條，上寫：「老張是大王八」。被老張發現了，打的王德自認為「王八」，這是他所以嚼爛紙條的原因。

李靜的紙條又被王德接到，寫著：

「我只好作玩物了，假如世上有的男子——王德，你或者是一位，——不拿婦女當玩物，那只好叫有福的女子去享受，我無望了！」

趙姑母是步步緊跟李靜，王德無法和她接近，又不好意思去問李應，於是低著頭，擰著眉，往街上走。

時候尚早，不到上報館作工的時間。他信馬由韁的走到中央公園，糊裡糊塗的買了一張門券進去。正是新年，遊人分外的多；王德不注意男人，專看女的，因為他希望於多數女子的態度上，得一點知識，以幫助他解決所要解決的問題。

一群一群的女子，有的把紅胭脂擦滿了臉，似女性的關公；有的光抹一層三分多厚的白粉，像石灰鋪的招牌；有的穿著短袍沒有裙子，一扭一扭的還用手拍著膝上腰下特別發展的那一部分；有的從頭到尾裹著貂皮，四個老媽攙著一個，蚯蚓般的往前挪；有的放開纏足，穿著高底洋皮鞋，鞋跟露著一團白棉花；有的白臉上戴著藍眼鏡，近看卻是一隻眼：

「她們一定是玩物了！」王德想：「有愛關公的，有愛曹操的，這是她們打扮不同而都用苦心打扮的原因！……」

「有沒有例外？我是個不以女子當玩物的男子，有沒有不以玩物自居的女子？李靜？……」

王德越想越亂，立在一株大松樹下，對松樹說：「老松！你活了這麼多的年歲，你明白罷？」老松微微的搖著頭。「白活！老松！我要像你這樣老，什麼事我也知道。」王德輕輕的打了老松幾下，老松和老人一樣的沒知覺，毫無表示。王德無法，懶懶的出了公園到報館去。

「小山！你的話對了！」王德一心的要和小山談一談。

「什麼話？」

「女子是玩物！」

「誰說的？」

「你昨天說的，跟我說的！」

「我沒有！」

「昨天你吃糖餅的時候說的，忘了？」

「是了！我想起來了！原諒我，這幾天過年把腦子都過昏了！天天有那群討厭的親友請吃酒，沒法子不得不應酬！你看，昨天晚上九點鐘，還被參謀次長拿電話把我約去；一來他是我父親的好友，二來我作著報界的事，怎好得罪他，去罷！大生！那位先生預備的『桂花翅子』，是又柴又硬，比魚頭還難吃！我要是有那樣的廚子，早把他送員警廳了！」小山串珠般的說，毫沒注意王德的問題。

朋友到交的熟了以後，即使有一些討厭，也彼此能原諒，王德不喜歡聽小山這套話，然而「參謀次長」與「桂花翅子」兩名詞，覺得陪襯的非常恰當，於是因修辭之妙，而忘了討厭之實。

「大生！你有新聞稿子沒有？」小山沒等王德說話，又這樣問。

「沒有！」

「快寫幾條，不然今天填不上版！」

「我真沒有可寫的！」

「隨便寫：城北王老太婆由洋車摔下來，只擦破手掌上一塊皮；一輛汽車碰在一株老樹上，並沒傷人。……誰能刨根問底的要證據。快去寫，不然是個塌台！」小山很急切的，似乎對於他的職務非常負責。

「造謠生事，我不能作！」王德真不高興了！

「得了！大生！捧我　場！造謠生事是我一個人的罪，與你無干，你只是得幫幫好朋友！」小山不住的向王德垂著手鞠躬。瘦瘦的身子往前彎著，像一條下完卵的小母黃花魚。

好話是叫好人作惡的最妙工具，小山要強迫王德，王德許和小山宣戰！然而小山央告王德，什麼事再比拒絕別人央告難過？於是王德無法，寫了半天，只能無中生有的寫了三條。小山看了，不住的誇獎，尤其關於中央公園的一條，特別說好。他拿著筆一一的加以題目，那條關於中央公園的事，他加上一個：

「遊公園恰遇女妖，過水榭巧逢山怪。」

聽說因為這個題目，那天的報紙多賣了五百多張。當然那天的賣報的小孩子吆喝著：「看看公園的老妖！」

「人們買報原來是看謠言！」王德把婦女問題擱下，又想到新聞紙上來。「到底是報館的錯處呢，還是人們有愛看這種新聞的要求呢？」

王德越想越不高興，有心辭職不幹，繼而想到李靜告訴過他，凡事應當忍耐，又把心頭的怒氣往下壓。……她的話，她是要作玩物的……不足信！

王德擔著一切好青年所應有的煩悶，作完了工，無精失采的進城。

# 第三十三

「鳳姑娘！鳳姑娘！」趙四低著頭，眼睛看著自己的腳面，兩隻手直挺挺的貼在身邊，叫一聲鳳姑娘，肘部向外部一動。

「四哥，有事嗎？」龍鳳問。

「鳳姑娘！鳳姑娘！」

「請說呀。」龍鳳笑了。

「我說，可是說實話！」

「不聽實話可聽什麼？」

「說實話，有時候真挨打！」

「我不能打你罷？」

「那麼，我要說啦！」趙四咽了一口唾沫，自己對自己說：「娘的，見姑娘說不出話來！」

他以為龍鳳聽不見，其實她是故意裝耳聾。

「四哥，咱們到屋裡坐下說好不好？」龍鳳就要往屋裡走。

「不！不！拉洋車的跑著比走著說的順溜，立著比坐著說的有勁！姑娘你要願意聽，還是站在這裡說，不然我說不明白！」

「好！四哥請說！」她又笑了一笑。

這時候才過元宵節，北風已不似冬天那麼刺骨的冷。淡淡的陽光射在北窗上，她才把兩盆開的正好的水仙花，放在窗台上吸些陽光。她一面不住的聞那水仙的香味，一面聽趙四說話。

「姑娘，你認識城外的老張？」趙四乘著她聞水仙花，看了她一眼，又快快的把眼光收回到自己的腳上。

「我知道他，他怎樣？」

「他，他不是要買你當那不是姑娘們應當當的鐺鐺嗎？」

「四哥！什麼是鐺鐺？」

「巡警管我叫鐺鐺，我不明白什麼意思，所以用他來說一切不好的事。姑娘你聰明，大概明白我的意思！」

「啊——我明白了！」龍鳳呆呆的看著水仙花，被風吹的那些花瓣一片一片的顫動，射散著清香。

「要是明白了，不想辦法，那麼明白他作什麼？」

「四哥！你有辦法嗎？」

「有是有，只是不好出口，你們婦人不許男人說直話！」

「你拿我當作男人，或是當作我沒在這裡，隨便說！」

「好！聽著！」趙四把手活動起來，指手畫腳的說：「是這麼一件事，孫八要買你作小媳婦，老張從中弄鬼！」趙四停住了，乾嗽了兩聲。

「四哥，說！我不怪你！」龍鳳急切的說。

「都是老張的主意，賣了你，好叫你父親還清他的債。李應告訴我說，你父親有意把你許給李應，而李應遲疑不決，向我要主意！你父親的心意我一點不知道，我以為你和李應該早早的定規一切，別落於老張的手裡！你看李應怎樣？」

趙四臉紅的像火燒雲，看著她。奇怪，她不著急，只輕輕的擺弄她的裙縫。「到底女人另有個脾氣，我要是她，不拿大刀去殺老張，我是個王八！」趙四心裡這樣說。

「四哥，我不拒絕李應，這是現在我能告訴你的，別的等我想想，四哥，我謝謝你！」

「好說！我走罷！你自己想想！」趙四往外走，高興異常，今天居然跟個大姑娘說了一套痛快話！

趙四走後，龍鳳坐在台階上，聽著微風吹動窗上的紙，牆頭小貓撒著嬌嫩而細長的啼喚，看著自己的手指，有時候放在口邊咬一下指甲，一些主意想不出。坐了半天有意無意的立起來，把兩盆水仙搬進屋去。順手撿起一條灰色圍巾披在肩頭，到教會去找李應。

李應自從和趙四商議以後，心裡像有一塊硬而涼的大石頭，七上八下的滾。他不喜說話，尤其不喜叫別人看破他的心事；可是有時候手裡拿著鉛筆，卻問別人：「我的鉛筆」？有時候告訴別人：「就要上東城」，卻說成：「東城是西城不是」！旁人笑了，他也笑了，跟著一陣臉紅，心裡針刺似的難過。

他正在預備拿《聖經》到市場去賣，數了幾次也沒數清拿的是多少本。忽然趙四扶著他的肩頭，低聲的說：「鳳姑娘在外面等著你！」

李應夾著《聖經》和龍鳳往北走，誰也不知往那裡走，也不問往那裡走。

走到了城北的淨業湖，兩個人找了一塊大青石坐下。

沒有什麼行人，橋上只有一個巡警走來走去，把佩刀的鏈子擺的嘩啷嘩啷響。湖內凍著厚冰，幾個小孩穿著冰鞋笑笑嘻嘻的溜冰。兩岸的枯柳一左一右的搖動著長枝，像要躲開那嚴酷的寒風似的。靠岸的冰塊夾著割剩下的黃枯葦，不斷的小麻雀捉住葦幹，一起一伏的擺動他們的小尾巴。太陽已往西去，罩著一層淡黃的霧，斜射著銀灰的冰塊，連成一片寒氣。那小孩的疾馳，那小麻雀的飛落，好像幾個梭兒，在有憂思的人們眼前織成一個愁網。

兩個人坐了一刻，又立起來沿著湖邊走幾步，因為橋上的巡警不住的用偵探式的眼光射著他與她。

「鳳姐！」李應先說了話：「這光潔的冰塊頂好作個棺材蓋上我的臭皮骨！」

龍鳳歎了一口氣，把圍巾緊了一緊，回頭看著那戀戀不忍辭去大地的斜陽。

他們又不說了，忽然兩個人的中間，插入兩隻大手，捉著他們的手腕。兩個人驚的都把頭向中間轉過來，那兩隻大手鬆開了，後面哈哈的笑起來。

「四哥！別這麼鬧！」李應半怒的說。

「好兄弟！嚇死，不比蓋上大冰塊痛快！」

三個人又坐下，那橋上的巡警走過來。

「警爺！」趙四說：「我們是救世軍出來賣《聖經》的，拿我們當拐帶婦女看，可是小鴿子拿刺蝟，錯睜了眼！」

龍鳳怕巡警怒了，趕快立起來向巡警解說，並且把李應拿著的《聖經》給他看。巡警握著刀柄，皮鞋擦著地皮慢慢的走開。

「四哥！」龍鳳對趙四說：「你怎麼對巡警那麼說話，他要是怒了呢！」

「發怒！警爺永遠不會！他們是軟的欺，硬的怕，你不拍他，他就麻你！他們不管闊人街上拉屎，單管窮人家裡燒香！不用說這個，你們兩個到底怎樣！」

「只有一條路，死！」李應說。

「不准說死，死了再想活可就太難了！跑！跑是好的法子！」

「往那裡跑，怎麼跑，有跑的錢沒有！」龍鳳問。

「去求龍軍官，你父親！你們要跑，他定有主意，他能甘心賣你——他的親女兒——嗎？」

「我不能跑，我跑了我的姐姐怎辦？」李應問。

趙四手捧著頭，想了半天，立起來一陣風似的向南跑去，跑出好遠，回頭說了一聲：「明天會上見！」

# 第三十四

趙四自己刮了一陣風，激烈而慌促的把自己吹到李應姑母的家。風要是四方相激，往往成裹著惡鬼的旋風。人要是慌急，從心裡提出一股熱氣，也似旋風似的亂舞。於是趙四在門外耍開了旋風。趙姑母門上的黑白臉的門神，雖然他的靈應，有些含糊其詞，可是全身武裝到底有些威風。趙四看了他們一眼，上前握定門環在門神的腮上當當的打起來，打的門神乾生氣一聲也不言語。

「慢打！慢打！」趙姑母嚷：「報喪的也不至這麼急啊！」

趙姑母看見趙四的服裝，心裡有些發慌，怕趙四是明夥強盜。趙四看她也慌了，少年婦女是花枝招展的可怕，老年婦女是紅眼皴皮的可怕。不論怎樣，反正見婦女不好說話！

「找誰？說！」

「老太太，這裡有一位小老太太姓李的嗎？」趙四又冒著不怕三冬冷氣，永像灶上蒸鍋似的熱汗。

「胡說！我的侄女是大姑娘！什麼小老太太！啊！」

「『老太太』不是比『大姑娘』尊貴？我是謙恭！」

「你是那裡來的野小子，你給我走。不然，我叫巡警，拿你到衙門去！」老婦人一抖手，把街門邦的一聲關上，一邊嘮叨，一邊往裡走。

趙四不灰心，坐在石階上等著，萬一李靜出來呢？太陽已經落下去，一陣陣的冷風吹來的炒栗子的香味，引的趙四有些餓的慌。不走！堅持到底！院裡炒菜的響聲，婦女的說話，聽的真真的，只是她不出來。

黑影裡匆匆的走過一個人來，一腳踹在趙四身上。

「什麼？」

「什麼！肉台階比地氈還柔軟！」

「四哥？」

「是那一塊！」

「在這裡幹什麼？」

「等挨罵！」

「不用說，我姑母得罪了你。她老人家說話有時候不受聽，四哥別計較！」

「誰計較她，誰是兒子！告訴我，你和她商議出什麼沒有？」

「不能有結果，我不能放下我姐姐不管！」

「好小子！你能把你姐姐叫出來不能？」

「四哥！你太是好人了，不過你想的不周到。姑母在家，我如何能把她叫出來！」

「改日你能不能叫我見見她？」

「那倒可以，等我和姑母說，我領她去逛公園，我們可以見面談一談！」

「好！就這麼辦！一定！」趙四說完，走上台階摸了摸門環，自己說了一句「沒打壞」！

「四哥！你吃了飯沒有？」李應問。

「沒有！」

「有飯錢沒有？」

「沒有！」

「我這裡有些零錢，四哥你拿去買些東西吃！」李應掏出一張二十銅元的錢票。

趙四沒等李應遞給那張錢票，扯開大步一溜煙的跑去。李應趕了幾步，如何趕得上趙四！

「兄弟！咱是給別人錢的，不是求錢的！明天見！」趙四跑遠，回頭向李應說。

趙四跑回教會，才上台階，後面一個人拍了他的脊背一下。

「借光！」那個人說：「這裡有位李應嗎？」

「有！」趙四回答。

「你和他熟識？」

「我的朋友！」

「好！朋友初次見面，賞個臉，咱們到飯館吃點東西，我有話和你說。」那個人笑嘻嘻的說。

「有話這裡也可以說，不必飯館！」

「這麼著，」那個人掏出一塊錢來。「你自己愛買什麼買什麼，這塊錢是你的！」

「你要問我什麼，問！要是拿錢晃我，我可是臉急！」

「奇怪！窮人會不愛錢！那有的事！這是夢中罷？」趙四真把那個人鬧迷惑了！

「我問你，」那個人低聲含笑，抿著嘴笑，像妓女似的抿著嘴笑。拍著趙四的肩頭，親熱的問：「朋友！李應有個姐姐？」

「有！怎樣？」

「她定了婚沒有？」

「不知道！」

「她長的怎樣？」

「你問她的模樣幹嗎？」

「聽說她很美。朋友！不瞞你說，我打算下腿！你要是能幫我的忙，朋友，咱家裡還真有些金錢，不能叫你白跑！」那個人又把那塊洋錢掏出來，往趙四手中放。

趙四本來與那個人平立在階石上，趙四往上站了一站，匀好了距離，把拳頭照準了那個人的脖下就是一拳。那個人「喲」了一聲，滾下台階去。趙四一語不發走進教會。

第二天早晨他起來打掃門外，見階下有幾塊藍色的碎玻璃。「這是那小子的眼鏡！」趙四說完，笑了一陣。

# 第三十五

李應請求姑母允許他同李靜去逛公園。姑母已有允意，而李靜不肯去。因為李靜已與她姑母商定一切，李靜主張是：寧可嫁老張不叫叔父死；對於王德，只好犧牲。趙姑母的意見是：兒女不能有絲毫的自私，所謂兒女的愛情就是對於父母盡責。李靜不能嫁王德，因為他們現在住在一處，何況又住在自己的家裡。設若結婚，人家一定說他們是「先有後嫁」，是謂有辱家風。老張雖老醜，可是嫁漢之目的，本在穿衣吃飯，此外復何求！況且嫁老張可以救活叔父，載之史傳，足以不朽！……

有我們孔夫子活著，對於趙姑母也要說：「賢哉婦人！」我們周公在趙姑母的夢裡也得伸出大指誇道：「賢哉趙姑母！」何況李靜！

李靜要是和王德逃跑了，不但她，就是他也不用再想在我們禮教之邦活著了。與其入張氏地獄（在第十八層地獄的西南邊），受老張一個人的虐待，還比受社會上人人的指罵強！她是入過學堂的，似乎明白一些道理，新道理；新道理自然是打破舊禮教的大炮。可是她入的是禮教之邦的學堂念國文，地理，已經是洪水猛獸般可怕，還於國文地理之外講新道理？果然她於國文，地理之外而明白一些新事新理，以至於大膽的和王德跑了，那新教育的死刑早已宣告，就是國文，地理也沒地方去念了！幸而李靜聰明，對於國文，地理而外，一點別的也不求知；幸而禮教之邦的教育家明白大體，除了國文，地理等教科書外，一點有違大道的事情也不教！

洋人化的中國人說，李靜之下地獄，是新教育被趙姑母戰敗的證據。不對！新教育何曾向趙姑母擺過陣！趙姑母親自見了老張，立了婚約，換回她兄弟的借券。她心裡歡喜異常，一塊石頭可落了地！兒女大事，作長輩的算盡了責。

趙姑母又順便去看王德的母親，因為李靜的叔父與王德的父親曾商議過他們兒女的婚事。兩位老婦人見面，談的哭完了笑，笑完了哭，好不親熱！趙姑母怨自己管束李靜不嚴；王老太太怪自己的兒子沒出息，主張趕快給王德定個鄉下姑娘以收斂他的野性。王太太留趙太太吃晚飯，趙太太一唱三歎的傷世道不良，男女亂鬧。王太太旁徵博引，為趙太太的理論下注解與佐證。越說越投緣，越親熱，不由的當時兩位太太拜為乾姊妹。趙姐姐臨走，王妹妹無以為贈，狠心的把預備孵雞的大黃油雞卵送給趙姐姐十個。趙姐姐謙謝不遑，從衣袋中掏出戴了三十二年的一個銀指箍作為回敬。這樣難捨難分的灑淚而別。

王德的父親經他夫人的教訓，自己也笑自己的荒唐，於是再也不到李老人那裡去。趙姑父依舊笑著向李靜說：「姑娘！可有婆婆家了！」

老張得意極了！臉仰的更高了，笑的時候更少了，——因為高興！

喜到皆雙！老張又代理北郊自治會會長了！因為老張強迫龍樹古給孫八正式的婚書，龍樹古甘心把會長叫老張代理，以備正式辭職後，老張可以實任。而老張也真的答應龍樹古的要求。

「凡公事之有納入私事範圍內之可能者，以私事對待之。」這是老張的政治哲學。

喜到皆三！老張院中的杏樹，開了幾朵並蒂花。老張樂的居然寫了一首七言絕句：

「每年累萬結紅杏，今歲花開竟孿生，設若啼鶯枝上跳，磚頭打去不留情！」

老張喜極了，也忙極了。光陰不管人們的事，一個勁低著頭往前走，老張甚至於覺得時間不夠用了，於是請教員，自己不能兼顧校務了。

春暖花開，妙峰山，蓮花頂，臥佛寺……照例的香會熱鬧起來。褚大求老張寫傳單，以示對於金頂娘娘的信誠。於是老張在褚大拿來的黃毛邊紙上，除了「妙峰山，金頂娘娘真靈。信士褚大虔誠」之外，又加了兩句，「德勝汛官商小學聘請教員，薪資面議。」褚大看了看紙上那麼多字，心裡說：「越多越討娘娘的歡心！」於是千謝萬謝的拿到街上黏貼。

自廣告黏出去以後，十來個師範畢業生，因為不認識學務委員和有勢力的校長而找不到事作，來到老張那裡磋商條件，有的希望過奢，條件議不妥；有的真熱心服務不計較金錢，可是不忍看學生們那樣受罪，於是教了三天告辭回家。最後一位先生來自山東算是留長遠了。老張送給那位先生一年三十塊錢。曠工一天扣洋二角。

# 第三十六

校長解決，老張去找孫八商議一切。

「張老師又來了！爹爹！」小三在院內喊。孫八正在屋裡盤算喜事的花費忙著迎出老張來。兩個人到屋內坐下，孫八叫小三去沏茶。

「八爺預備的怎樣？有用我的地方告訴我，別客氣！」

「多辛苦！預備的差不多，只剩講轎子，定飯莊子。」

「怎樣講轎子？」

「花紅轎看著眼亮啊！」

「我知道用馬車文明！」

小三一溜歪斜的提著一把大茶壺，小四拿著兩個茶碗，兩個一對一句的喊著：「一二一」進來。老張孫八停住說話，等小三把茶倒好，孫八給了一人一個銅子。「快去，買落花生吃，不叫不准進來！」

「好！吃完了再進來！」兩個孩子跑出去。

「馬車文明？萬一馬驚了把新娘摔下來，怎麼辦？怎麼辦？」孫八真心疼媳婦！

「馬就不會驚，就是驚了，和車行打官司，叫他賠五百元錢，順手又發一筆小財！」老張的哲理，永遠使孫八嘆服，此為一例。

「是！就是！用馬車！你說城內那個飯莊好？」

「講款式呢，什剎海會賢堂；講寬綽呢，後門外慶和堂。那裡真敞亮，三四家同日辦事也容得下。一齊辦事那才叫熱鬧！」老張看了孫八一眼，趕快把眼光收回到茶碗上去。

「張先主！你說咱們兩個一塊兒辦事，夠多麼好！」孫八自覺明敏異常，想出這麼好的主意。

「一塊湊熱鬧好極了，只是我的親友少，你的多，未免叫旁人說我沾你的光。」老張輕輕搖著頭。

「好朋友有什麼佔便宜不占！你朋友少，我的多，各自預備各自的酒席！誰也不吃虧！」人逢喜事精神爽，孫八現在腦子多麼清晰，好似一朵才被春風吻破的花那樣明潤。

「要不這麼著，你預備晚飯，我的早飯，早晨自然來的人少，可是啊，萬一來的多，我老張也決不含糊。如此省得分三論兩的算人數，你看怎樣？」

「就是！就是！我的晚頓！你去定菜，我聽一筆賬！我是又傻又懶，你多辛苦！」孫八向老張作了一個半截揖，老張深深的還了一鞠躬。

「馬車，飯莊我去定，到底那一天辦事？」

「那是你的事，合婚擇日你在行，我一竅不通！」孫八笑著說，自覺話說的俏皮。

「據我看，四月二十七既是吉日，又是禮拜天。你知道禮拜天人人有『飯約』，很少的特意吃咱們。可是他們還不能不來，因為禮拜天多數人不上衙門辦事，無可藉口不到。八爺你說是不是？」

「就是！可有一層，親友不吃我，我不痛快！娶你八嫂的時候，我記得一共宰了三九二十七個大肥豬。我姥姥的外甥媳婦的乾女兒還吃了我半個多月！」

「八爺，你要曉得，這是文明事，與舊禮完全不同啊！」

「是嗎？就是！」

「甚至於請人我也有新辦法！」

「既然一事新，為什麼不來個萬事新？古人說：『狗日新，又日新。』[6]狗還維新，而況人乎！」孫八得意極了，用了一句書上的話。

「是啊！八爺你算對了！我想，我們要是普請親友，既費飯又費話，因為三姥姥五姨兒專好說不三不四的話；聽著呢，真生悶氣，不聽呢，就是吵子。不如給他個挑選著請！」

「怎樣挑著請？」

「你聽著呀，我們專請有妾的親友，凡有一位夫人的概不招待。而且有妾的到那天全要攜妾出席，你看那有趣沒有！一來，是有妾的就有些身分，我們有志入政界，自然不能不拉攏有身分的人；二來，凡有妾的人多少總懂得些風流事，決不會亂挑眼，要頑固。咱們越新，他們越得誇咱們文明，風流，有身分！八爺是不是？」老張慢慢的呷了一口茶。

「錯是不錯，可是那裡去找那麼多有妾的人呢？」孫八問。

「你老往死葫蘆裡想，現在維新的事不必認識才有來往！不管相識不相識，可以被

6.「狗日新，又日新」，《大學》中「苟日新，日日新，又日新」句，是天天進步的意思。這裡把「苟」改為「狗」，成為諷刺語。

請也可以請人。如此，我們把各城自治會的會員錄找出來，打聽有妾的，自然也是有身分的，送出二百張紅帖，還愁沒人來！再說，咱們給他們帖，就是他們不來，到底心目中有了咱們兩個。他們管保說：『看這兩個講自治的，多麼講交情，好體面，有身分！』八爺！我替你說了罷：『就是！張先生！多辛苦！』」

老張把薄嘴片輕輕的往上下翻，哧哧的低聲笑，孫八遮著嘴笑的面色通紅。兩個笑了一陣，孫八低下頭去想老張說的一切話。……說的真對，老張是個人材！

「只有一件事我不放心，張先生！」孫八很害羞的說：「到底老龍不寫婚書是什麼心意，沒婚書拿什麼作憑據？我並不是有心擠兌你！」

「八爺！事情交給我，有錯你踢我走！你看這裡！」老張掏出一張紙來。「就是我的婚約，你拿著！龍家的姑娘娶不到，我老張的小媳婦歸你！」老張把那張紙放在孫八的懷裡。

「不是這樣說，」孫八臉羞的像個六月的大海茄，遲遲鈍鈍的說：「我是太小心，決不是疑惑你辦事不可靠！我不能拿你這張婚書！」

「八爺！事情往實在裡辦，」老張更激昂起來：「你拿著！什麼話呢，萬一有些差錯，我寧可叫把送殯的埋在墳地裡，也不能對不起人！」他把那張紙強塞在孫八的衣袋裡。孫八左右為難，只一個勁的擺手。……到底老張戰勝，然後笑著說：「可是這麼著，你要是把我的婚書丟失了，咱老張到手的鴨子可又飛了！不用說姑娘的身價多少，婚書上的印花稅票就是四角！」

老張又坐了半天，把已定的事，一一從新估計一番。諸事妥協，老張告辭回家。

「八爺！我們就彼此不用送請帖了？」老張出了大門對孫八說。

「自然不必！」孫八說。

…………

老張後來發的請帖是：「……下午四時，謹備晚餐。」

# 第三十七

李靜把眼睛哭的紅紅的，臉上消瘦了許多。「死」是萬難下決心的，雖然不斷的想到那條路上去。「希望」是處於萬難之境還不能鏟淨的，萬一有些轉機呢！「絕望」與「希望」把一朵鮮花似的心揉碎，只有簌簌的淚欲洗淨心中的鬱悶而不得！更難過的，她在姑母面前還要顯出笑容，而姑母點頭咂嘴的說：「好孩子，人生大事，是該如此的！」

趙姑母為防範王德，告訴李應叫王德搬出去。王德明白趙姑母的用心，李靜也明白，於是兩個青年一語未交的分別了！

王德和藍小山商議，可否暫時搬進報館裡，小山慨然應允，把自己的職務勻給王德不少。王德把東西收拾收拾，謝了趙姑母，然後雇了一輛騾車出門。李應只對王德說了一聲「再見」，李靜甚至沒出來和他說半句話。而他們姊弟的淚落了多少是不可計算的。

王德到報館，正趕上是發薪水的時候；當差的遞給他一個信封，裡面依舊是十塊錢，並沒有投稿的贈金。要是在平日，王德一毫也不計較，今天一肚子牢騷無處發洩，於是不能自止的去找主筆。

「投稿沒有報酬嗎？」王德氣昂昂的問。

「你什麼時候投過稿？」主筆問。

「藍小山知道我投稿不是一次！」

「小孩子！十塊錢就不少！不願意幹，走！八塊錢，六塊，四塊我也使人，不是非你不成啊！」

「我不幹啦！」

「走！不少你這麼一位！」

鋪長對徒弟，縣長對人民，部長對僚屬，本來都應當像父親對兒子，——中國式的父親對中國式的兒子。——王德不明白這個，可憐！

王德定了一定神，把還沒有打開的行李又搬出來，雇了兩輛人力車到打磨廠找了一個小客寓暫住。

…………

李應呢？他看著王德的車走沒有了影，還在門外立著。他與王德相處已經十多年，他不能離開王德！他還要忍住眼淚去安慰他姐姐，眼淚是多麼難忍住的！他進到北屋去，趙姑母心裡像去了一塊病似的，正和顏悅色的勸解李靜。李靜現在已一個淚珠沒有，呆呆的坐著，李應也無話可說，又走出來。

往那裡走？每天出入的鐘點都要告訴王德的，今天？……找王德去！

他失魂喪魄的走到王德的報館。他一看見報館的門，心裡就痛快多了！因為那個門裡有他的最好的朋友！

他進了報館的大門，立在號房外問了一聲「王德在裡邊沒有？」

「才搬出去，辭工不幹了。」號房內的人這樣的回答。

「搬到那裡去？」

「不曉得！」

「為什麼辭工？」

「不知道！」

「他往東城還是西城去？」

沒有回答了！

李應的心涼了！他知道王德的性情，知道他與李靜的關係，知道……然而沒有方法把已成不治的局面轉換過來！他自己？沒有本事掙錢救出叔父，沒有決心去殺老張，沒有朋友給他出一些主意，不用說出力。趙四？勇而無謀，李應自信的心比信趙四深！龍鳳？自救不暇，那能再把一位知心的女友拉到陷坑去！

人們當危患臨頭的時候，往往反想到極不要緊或玄妙的地方去，要跳河自盡的對著水不但哭，也笑，而且有時向水問：宇宙是什麼？生命是什麼？自然他問什麼也得不到自救的方法，可是他還瘋了似的非問不可；於是那自問自答的結果，更堅定了他要死的心。

李應在報館外直立了一頓飯的工夫，才想起放開步往別處走。一步一個血印，一步一個念頭；什麼念頭也有，除了自救！

他身不由己的進了中華門。身不由己的坐在路旁一塊大青石上。綠茸茸的樹葉左右的擺動，從樹葉的隙空，透過那和暖的陽光。左右的深紅色的大牆，在日光下射出紫的光線，和綠陰接成一片藕和色的陰影，好像一張美術家的作品。李應兩手托著雙腮，一串串的眼淚從指縫間往下落，落在那柔嫩的綠苔上，像清晨的露珠。

找王德去？那裡？看叔父去，有什麼用？去殺老張？耶穌的教訓是不殺人的！聽趙四的話和龍鳳跑？往那裡跑？怎樣跑？什麼是生命？世界？……沒有答案！向來沒有！……跑！跑！自己跑！太自私了！不自私怎樣？太忍心了！怎樣不？人們罵我！誰又幫助我？……

……

他走到教會去收拾在那裡放著的一些東西。匆匆的收拾好夾在腋下走出來。一步懶似一步的下教堂石階，好像石階吸引著他的腳，而且像有些微細的聲音在他耳邊：「走嗎？你走嗎？……」

他下了石階，依依不捨的回著頭看教會的紅欄杆，像血一般的紅，直射到他心的深處。

遠遠的她來了！他的血沸騰起來，可是他躲在一株大樹後。龍鳳並沒進教會，匆匆的在馬路旁邊往前走。他由樹後探出頭來，看她的後影。她的黑裙，她的灰色袍，依舊是一團樸美裹著她一點一點往前移動，一步一步的離遠了他。五尺，四尺，三尺……她漸漸的變成一團灰色的影，滅沒在四圍的空氣中，好像一團飛動的紙灰？她上那裡？她是不是想看我？……不能管了！我只是自私！只是懦弱！上帝知道我！

……

# 第三十八

王德雖是農家出身，身體並不十分強壯。他自幼沒作過什麼苦工，在老張的學堂裡除了聖經賢傳亂念一氣，又無所謂體操與運動，所以他的面貌身量看著很體面魁梧，其實一些力氣沒有。

現在他不要什麼完善的計畫了，是要能摔能打而上陣爭鋒了。現在不是打開書本講「子曰」或「然而」了，而是五十斤的一塊石頭舉得起舉不起的問題了。於是他在打磨廠中間真正老老王麻子那裡買了一把價值一元五角的小刺刀。天天到天橋，土地廟去看耍大刀舞花槍的把戲；暗中記了一些前遮後擋，鉤挑撥刺的招數。這是他軍事上的預備。

他給藍小山寫了幾封信，要他存在銀行的那幾塊錢。而小山並未作覆。王德又親自到報館去找藍先生幾次，看門的不等他開口，就說：「藍先生出門了！」

「他一定是忙，」王德想：「不然，那能故意不見我，好朋友，幾塊錢的事；況且他是富家出身？……」

到底藍先生的真意何在，除了王德這樣往好的方面猜以外，沒有人知道。

不論怎樣，王德的錢算丟失了。——名士花了，有可原諒！

「媳婦丟了！吾不要了！錢？錢算什麼！」王德又恢復了他的滑稽，專等衝鋒；人們在槍林彈雨之中不但不畏縮而且是瘋了似的笑。

四月二十六的夜間，王德臥在床上閉不上眼。窗外陣陣的細雨，打的院中的樹葉簌簌的響。一縷縷的涼風和著被雨點擊碎的土氣從窗縫潛潛的吹進來。他睡不著，起來，把薄棉被圍在身上，點上洋燭，哧哧的用手巾擦那把小刺刀。漸漸的頭往下低，眼皮往一處湊；恍惚父親在雪地裡焚香迎神，忽然李靜手裡拿一朵鮮紅的芍藥花，忽然藍小山穿著一件寶藍色的道衣念咒求雨，……身子倒在床上，醒了！嘴裡又黏又苦，鼻孔一陣陣的發辣，一切的幻影全都逃走，只覺的腦子空了一般的隱隱發痛。一跳一跳的燭光，映著那把光亮的刺刀，再擦！……

天明了！口也沒漱，臉也沒洗，把刺刀放在懷內往城裡走。街上的電燈還沒滅，燈罩上懸著些雨水珠，一閃一閃的像愁人的淚眼。地上潮陰陰的，只印著一些趕著城門進來的豬羊的蹄痕，顯出大地上並不是沒有生物。有！多著呢！

到了慶和堂的門外，兩扇紅漆大門還關著。紅日漸漸的上來，暖和的陽光射在不曾睡覺的人的臉上，他有些發睏。回去睡？不！死等！他走過街東，走一會兒，在路旁的石椿上坐一會兒，不住的摸胸間的那把刺刀！

九點鐘了！慶和堂的大門開了，兩個小徒弟打掃台階過道。王德自己點了點頭。

三四輛馬車趕到慶和堂的門外，其中兩輛是圍著彩綢的。

慢慢的圍上了十幾人說：「又是文明結婚！……」幾個唱喜歌的開始運轉喉嚨：

「一進門來喜氣沖，鴛鴦福祿喜相逢，……」

王德看著，聽著，心裡刀尖刺著！

「走開！走開！不給錢！這是文明事！」老張的聲音，不錯！後面跟著孫八。

王德摸了摸刀，影在人群裡。「叫他多活一會兒罷！明人不作暗事，等人們到齊，一手捉他，一面宣佈他的罪狀！」他這樣想，於是忍住怒氣，呆呆的看著他們。

老張穿一件灰色綢夾袍，一件青緞馬褂，全是天橋衣棚的過手貨。一雙新緞鞋，確是新買的。頭上一頂青色小帽配著紅色線結，前沿鑲著一塊藍色假寶石。

孫八是一件天藍華絲葛夾袍，罩著銀灰帶閃的洋綢馬褂。藕和色的綢褲，足下一雙青緞官靴。頭上一頂巴拿馬軟沿的草帽。

老張把唱喜歌的趕跑，同孫八左右的檢視那幾輛馬車。「我說，趕車的！」老張發了怒。「我定的是藍漆，德國藍漆的轎式車，怎麼給我黑的？看我老實不懂眼是怎著？」

「是啊！誰也不是瞎子！」孫八接著說，也接著發了怒。

「先生！實在沒法子！正趕上忙，實在匀不開！掌櫃的抽了自己幾個嘴巴，當我們趕出這輛車來的時候。得啦！誰叫先生們是老照顧主呢！」趕車的連說帶笑的央告。

「這還算人話！扣你們兩塊錢！」老張仰著頭搖擺著進了大門。

「扣你們兩塊錢！」孫八也扭進去。

老張的請帖寫著預備晚餐，當然他的親友早晨不來。可是孫八的親友，雖然不多，來了十幾位。老張一面心中詛咒，一面張羅茶水，灌餓了還不跑嗎！倒是孫八出主意擺飯，老張異常不高興，雖然只擺了兩桌！

李山東管賬，老早的就來了。頭一桌他就坐下，直吃的海闊天空，還命令茶房添湯換飯。

南飛生到了，滿面羞慚自己沒有妾。可是他與自治界的人們熟識，老張不能不請他作招待。老張很不滿意南飛生，並不是因為他無妾可攜，是因為他送給老張　幅喜聯，而送給孫八一塊紅呢喜幛。喜聯有什麼用！豈有此理！

從慶和堂到舊鼓樓大街救世軍龍宅不遠，到護國寺李靜的姑母家也不遠。所以直到正午還沒去迎親。王德和趕車的打聽明白，下午兩點發車，大概三點以前就可以回來。

親友來的漸多，真的多數領著妾。有的才十四五歲，扶著兩個老媽一扭一扭的嬌笑；有的裝作女學生的樣子，可是眼睛不往直裡看，永遠向左右溜；有的是女伶出身，穿著黃天霸的彩靴，梳著大鬆辮，用扇子遮著臉唧唧的往外擠笑聲。……

大廳上熱鬧非常，男的們彼此嘲笑，女的們擠眉弄眼的犯小心眼。孫八臉紅紅的學著說俏皮話，自己先笑，別人不解可笑之處在那裡。

一陣喧笑，男男女女全走出來，看著發車。女的們爭著上車迎親，經南飛生的支配，選了兩個不到十五歲而作妾的捧著鮮花分頭上了車。趕車的把鞭兒輕揚，花車像一團彩霞似的緩緩的上了馬路。

# 第三十九

趙姑母的眼淚不從一處流起，從半夜到現在，已經哭濕十幾條小手巾。囑咐李靜怎樣伺候丈夫，怎樣服從丈夫的話，怎樣管理家務，……順著她那部「媽媽百科大全書」從頭至尾的傳授給李靜，李靜話也不說，只用力睜自己的眼睛，好像要看什麼而看不清楚似的。

趙姑母把新衣服一件一件給李靜穿，李靜的手足像垂死的一樣，由著姑母搬來搬去。衣服穿好，又從新梳頭擦粉。（已經是第三次，趙姑母唯恐梳的頭不時興。）

「好孩子！啊！寶貝！就是聽人家的話呀！別使小性！」趙姑母一面給侄女梳頭，一面說。「這是正事，作姑母的能有心害你嗎！有吃有穿，就是你的造化。他老一點，老的可懂的心疼姑娘不是！嫁個年青的楞小子，一天打罵到晚，姑母不能看著你受那個罪！」趙姑母越說越心疼侄女，鼻涕像開了閘似的往下流，想到自己故去的兄嫂，更覺得侄女的可憐，以至於哭的不能再說話。

馬車到了，街上站滿了人。姑母把侄女攙上馬車。臉上雪白，哭的淚人似的。兩旁立著的婦人，被趙姑母感動的也全用手抹著淚。

「這樣的姑母，世上少有啊！」一個年老的婦人點著頭說。「女學生居然聽姑母的話嫁人，是個可疼的孩子！」一個禿著腦瓢，帶著一張馬尾髮網的婦人說。

「看看人家！大馬車坐著！跟人家學！」一個小媳婦對一個八九歲的小女孩急切的說。

「哼！大馬車？花紅轎比這個體面！」一個沒牙的老太太把嘴唇撇的像小驢兒似的。

李靜上了車，或者說入了籠。那個迎親的小媳婦，不到十五歲而作妾的那個，笑著低聲的問：「今年十幾？」李靜沒有回答。那個小媳婦又問：「是唱戲的，還是作暗事的？」李靜沒有回答。

馬車周圍遮著紅綢，看不見外面，而聽得到街上一切的聲音。街上來往的人們，左一句，右一句：「看！文明結婚！」車後面一群小孩子，學著文明結婚用的軍樂隊，哼哼唧唧學吹喇叭。

李靜幾日的悶鬱和心火被車一搖動，心裡發慌，大汗珠從鬢角往下流，支持不住自己的身子，把頭掙了掙，結果向車背碰了去。還算萬幸，車背只有一小塊極厚的玻璃磚。那個小媳婦也慌了，她問：「怎麼啦？怎麼啦？」李靜閉著眼，心中還明白，只是不回答。那個小媳婦把李靜的腰摟住，使她不致再倒下去。如此，恍恍惚惚的到了慶和堂。人們把紅氈放在地下，兩個女的從車上往下攙李靜。車裡的那個小媳婦低聲而鄭重的說：「攙住了！她昏過去了！」看熱鬧的擠熱羊似的爭著看新娘，身量小的看不見，問前面的：「長的怎樣？」前面的答：「別瞎操心！長的比你強！」

李靜聽著那兩個婦人把她扶進去，由著她們把她放在一把椅子上，她像臨刑的一個囚犯，掙扎著生命的末一刻。孫八著了慌，催老張去拿白糖水，萬應錠，而老張只一味的笑。

「不用慌，這是婦女的通病。」老張笑著對孫八說，然後又對李靜說：「我說，別裝著玩兒呀！老張花錢娶活的，可不要死鬼！」他哈哈的笑了一陣，好似半夜的梟啼。又向眾人說：「諸位！過來賞識賞識，咱們比比誰的鳥兒漂亮！」

老張這樣說著，孫八拿著一壺熱水，四下裡找茶碗，要給李靜沏糖水。他上了大廳的第一層石階，覺得背上被人推了一把，手中的水壺灑出許多熱水。他回過頭來看，立在後面的那個人，正四下看，像要找誰似的。孫八登時認清了那個人，跟著喊出來：

「諸位！把他攔住！」

眾人正在大廳內端詳李靜，聽孫八喊，趕快的全回過頭來：那個人拿著刀！男人們閉住了氣，女人們拔起小腳一逗一逗的往大廳的套間跑。本來中國男女是愛和平而不喜戰爭的。

老張眼快，早認出王德，而王德也看見老張。兩個人的眼光對到一點，老張搬起一把椅子就往外扔，王德閃過那張飛椅，兩手握著刺刀的柄撲過老張去，老張往後退，把腳一點不客氣的踏著那婦女們小尖蹄。婦女們一陣尖苦的叫喊，更提醒了老張，索興倒退著，一手握著一個婦人當他的肉盾。

孫八乘王德的眼神注在屋內，猛的由上面一壓王德的手腕，王德瘋虎一般的往外奪手。眾人們見孫八已經拿住王德的刀柄，立刻勇武百倍，七手八腳把王德拉倒。

「小子！拿刀嚇唬人嗎！」老張把王德的刀拾起來，指著王德說。

「諸位！放開我！」王德瞪圓了眼睛，用力爭奪，結果，眾人更握緊了他一些。

「別鬆手，我就怕流血！」孫八向大眾喊。

「諸位！老張放閻王帳，強迫債主用女兒折債。他也算人嗎！」王德喊。

「放閻王債？別和我借呀！娶妾？咱老張有這個福分！」老張搬起李靜的臉，親了一個嘴給大家看。李靜昏過去了。

「是啊！你小孩子吃什麼吃不著的醋！」男女一齊的哈哈的笑起來。

孫八打算把王德交給巡警，老張不贊成，他打算把王德鎖起來，晚間送到步軍統領衙門，好如意的收拾他，因為在步軍統領衙門老張有相識的人。孫八與老張正磋商這件事，茶房進來說：

「孫八爺的喜車回來了！」

# 第四十

「誰去攙新娘？」孫八跳起來，向那群女的問。

「八爺！」茶房說：「趕車的說，沒有娶來！」

「什麼？」

「沒有娶來！車到那裡，街門鎖著，院中毫無動靜。和街坊打聽，他們說昨天下半天還看見龍家父女，今天的事就不得而知了！」

「好！好！」孫八坐在台階上，再也說不出話。

「孫八！傻小子！你受了老張的騙！你昏了心！」王德說完，狂笑了一陣。

孫八好像覺悟了一些，伸手在衣袋中亂掏，半天，掏出老張給他的那張婚書。

「好！好！」孫八點著頭把婚書遞給老張看。

親友漸漸的往外溜，尤其婦女們腦筋明敏，全一拐一拐的往外挪小腳。只剩下李山東和孫八至近的幾個朋友依舊按著王德不放手。

「傻小子！你沒長著手？打！」王德笑的都難聽了！

「八爺！」老張不慌不忙的從衣袋裡也掏出一張紙來。「真的在這裡，那張不中用！別急，慢慢的想辦法！」

「好！好！」孫八只會說這麼一個字。

「傻小子！打他！」王德嚷。

孫八幾把把那張婚書扯碎，又坐在地上，不住的，依舊的，說：「好！好！」

………

「我說，你往那裡拉我？」

「跑到那裡是那裡，老頭兒！」

「你要是這麼跑，我可受不了，眼睛發暈！」

「閉上眼！老頭兒！」

趙四拉著孫守備，比飛或者還快的由德勝門向慶和堂跑。

「到啦！老頭兒！」趙四的汗從手上往下流，頭上自不用說，把孫守備攙下車來。

「往裡走！我一個人的老者！」

孫守備迷迷忽忽的，軋著四方步慢慢的往裡走。趙四求一個趕馬車的照應他的洋車，也跟著進來。

「老頭兒！看！八爺在地上坐著！我不說瞎話罷！」

孫守備可怒了！

「啊！小馬！」——小馬是孫八的乳名。「你敢瞞著我買人，你好大膽子！」

「小馬膽子不小！」趙四說。「這裡有個膽子更大的，老頭兒！」趙四指著王德。

「這又是怎回事？」孫守備更莫名其妙了。

「我不是都告訴了你？這就是王德！」

「我叫小馬說！」孫守備止住了趙四說話。

「對！小馬你說！」趙四命令著孫八。

「叔父！我丟了臉！我這口氣難忍！我娶不到媳婦，我也不能叫姓張的穩穩當當的快樂！」孫八一肚子糊塗氣，見了叔父才發洩出來。

「傻小子！受了騙，不悔過，還要爭鋒呢！哈哈！」王德還是狂笑。

「你們放開他！」孫守備向握著王德的人們說。

「別放！他要殺人！」孫八嚷。

這時候孫八的命令是大減價了，眾人把王德放開，王德又是一陣傻笑。

「姓張的，」孫守備指著老張說：「你是文的，是武的？我老頭子要鬥一鬥你這個地道土匪！」

老張微微的一笑：哲學家與土匪兩名詞相差夠多遠！

「你老人家聽明白了！」老張慢慢的陳說：「老龍騙了我。而不是我有意耍八爺！」

「姓龍的在那兒哪？」孫守備問。

趙四從腰帶間摸出一個信封，雙手遞給孫守備。孫守備戴上花鏡，雙手顫著，看那封信：

孫八先生：老張買李靜全出於強迫，不但他毀了一個好女子，他也要了李靜的叔父的命。你我的事全是老張的詭計，我欠他的債，所以他叫我賣女還債。先生是真正的好人，一時受了他的欺弄，我不能把我的女兒送給先生以鑄成先生的大錯。至於來生的千餘元，可否作為暫借，容日奉償？現在我攜女潛逃，如先生慨允所請，當攜女登門叩謝，並商訂還款辦法。至於李靜，先生能否設法救她，她是個無父無母的苦女子！……

龍樹古啟

孫守備看完，遞給孫八，孫八結結巴巴的看了一過。

「小馬！你怎樣？」

「我沒主意！反正我的媳婦丟了，我也不能叫姓張的娶上！」

「老人家！老祖宗！」李靜跪在地上央告孫守備：「發善心救救我！老張是騙人，是強迫我叔父！我不能跟他！我不能！我作牛作馬，不能嫁他！老祖宗，你救人罷！！」

她幾日流不出的眼淚一氣貫下來，不能再說話！

「姑娘！」孫守備受不住了，是有人心的都應當受不住！「你起來！我老命不要了，跟老張幹幹！」

「別這麼著！老人家！」老張笑著說：「咱們是父一輩子一輩的好朋友！」

「誰跟你是朋友，罵誰的始祖！」孫守備起誓。

這太難以為情了，據普通人想。可是普通人怎能比哲學家呢，老張決不介意鹵莽的言語，況且佔便宜的永遠是被罵的，而罵人者只是痛快痛快嘴呢！

「這麼著，」老張假裝的臉一紅；說紅就紅，要白就白，這是我們哲學家老張夫子的保護色。「老人家你要是打算要這個姑娘，我雙手奉送，別管我花多少錢買的！」

這樣一說，你還不怒，還不避嫌疑！你一怒，一怕嫌疑，還不撒手不管；你一不管，姑娘不就是我的了嗎！

「你胡說！」孫守備真怒了，不然，老張怎算得了老張呢！

「我要救她，我不能叫一朵鮮花插在你這堆臭糞上！」

孫守備怒了，然而還說要救李靜，這有些出乎老張意料之外；不要緊，看風轉舵，主意多著呢！老張看了看自己的羅盤，又笑了一笑，然後說：

「到底老人家有什麼高見？咱聽一聽！」

「打——官——司！跟你打——官——司！」孫守備一字一字清清楚楚的說。

打官司？是中國人幹的事嗎？難道法廳，中國的法廳，是為打官司設的嗎？別看孫守備激烈蹦跳的說，他心裡明白自己的真意。他作過以軍職兼民事的守備。打官司？笑話！真要人們認真的打官司，法官們早另謀生活去了。孫守備明白這個，那麼老張能不明白？

「老人家！」老張笑著說：「你呢，年紀這麼高了；我呢，我也四五十了，咱們應當找活道走，不用往牛犄角裡鑽。老人家，你大概明白我的話，打官司並不算什麼希罕事！」

「活路我有：李靜交我帶走，龍家的事我們另辦，沒你的事，你看怎樣？」孫守備問老張。

要不是為折債，誰肯花幾百元錢買個姑娘？「以人易錢」不過是經濟上的通融！那麼，有人給老張一千元，當然把李靜再賣出去！退一步說，有人給李靜還了債，當然也可以把她帶走。雖然老張沒賺著什麼，可是到底不傷本呢！所以我們往清楚裡看，老張並不是十分的惡人，他卻是一位循著經濟原則走的，他的頭腦確是科學的。他的勇敢是穩穩當當的有經濟上的立腳點；他的退步是一卒不傷平平安安的把全軍維持住。他決不是怯懦，卻是不鹵莽！所不幸的是他的立腳點不十分雄厚穩健，所以他的進退之際不能不權衡輕重，看著有時候像不英武似的。果然他有十個銀行，八個交易所，五個煤礦，你再看看他！可憐！老張沒有那麼好的基礎！「資本厚則惡氣豪」是不是一句恰對的評語，我不敢說，我只可憐老張的失敗是經濟的窘迫！

「我花錢買的姑娘，你憑什麼帶了走？」老張問。

「給你錢我可以把她帶走？」孫守備早就想到此處，也就是他老人家早就不想打官司的表示。

「自然！」

……………

# 第四十一

人家十四歲的男女就結婚，一輩子生十六胎，你看著多了，不合乎優生學的原則了；可是人家有河不修，有空地不種樹，一水一旱就死多少？十六胎？不多！況且人家還有，除了水旱，道德上，倫理上種種的妙用呢？童養媳婦偷吃半塊豆腐乾，打死！死了一個，沒人管！借用一塊利息錢的，到期不還，死罪！又死了一個，沒人管！又死了一個，或是一群，沒人管！你能生多少？十六個！好！生！二十六個也不多！沒人管！沒人管你生，沒人管你死，豈非一篇絕妙的人口限制論！而且這樣的學說在實行上，也看著熱鬧而有生氣呢！

老張明白這個，那有哲學家不明白這點道理的？花錢買姑娘，那比打死一個偷吃半塊豆腐乾的童養媳婦慈善多了，多的多！買了再賣，賣了再買，買了打死，死了一個再買兩個，沒人管！孫守備要管？好！拿錢來！

孫守備呢？他也明白這個。錢到事成。不用想別的？打官司？法治國的人民不打官司！

於是，老張拿著一卷銀票，精精細細的擱在靠身的衣袋內（可惜人們胸上不長兩個肉袋）。然後去到慶和堂的帳房，把早晨擺的那兩桌酒席，折到孫八的賬上。又央告茶房把他的那幾塊紅幛和南飛生送的喜聯摘下來。把紅幛和喜聯一齊捲好，他問：

「掛幛子的鐵鉤呢？」

「那是我們的！」茶房回答。「你要嗎？一個銅子一個！」

「那麼，你們收著罷！再見！」

老張把紅幛等夾在腋下出了慶和堂。走一步摸三回，恐怕銀票從衣袋中落出來。一面摸一面想，越想越好笑，對自己說：「這群傻蛋！咱沒傷什麼！明天早晨上市，這幾塊紅幛不賣一塊兩塊的；這對喜聯？沒人要！好歹還不換兩包火柴！……」他出了德勝門天已漸黑，遠處的東西已看不甚清楚。

發財的人，走道看地；作詩的人，走路看天。老張是有志發財的，自然照例眼看地。他下了德勝門吊橋，上了東邊的土路。眼前黑糊糊好像一個小錢包。他不敢用手去摸，怕是晚間出來尋食的刺蝟；心裡想到這裡，腳不由的向前一踢。要是皮包當然是軟的，這件東西也確是軟的，然而一部分黏在他的鞋上——新鞋！「倒楣！媽的，不得人心的狗，欺侮你張太爺！」

他找了一塊土鬆的地方，輕輕的磨鞋底。然後慌忙的往家裡奔，怕黑夜裡遇見路劫。他倚仗著上帝，財神，土地的聯合保佑！平安到了家，一點東西沒吃，只喝了一氣涼水。把銀票數了三四回，一張一張的慢慢的放在箱內，鎖上，把鑰匙放在衣袋內。然後倒在床上睡他的平安覺！

……

孫守備叫趙四送王德回家，王德只是呆笑。趙四把王德用繩攔在洋車上，送他回家。

孫守備和李靜坐了一輛馬車回德勝門外。

李山東幫助孫八算清了賬一同回家。李山東看著孫八進了門，然後折回鋪子去。

孫八進了街門沒話找話說：「小三，小四！還沒睡哪？」

「啊！爹回來了！你娶的小媳婦在那兒哪？給我瞧瞧！」小三說。

小四光著襪底下了地，扯住孫八向衣襟各處翻。然後問：「你把小媳婦藏在那兒啦？」他平日與孩子們玩耍的時候，「娶姑娘」，「送姐姐」，都是一些小布人，所以他以為他爹的小媳婦也是一尺來高的。

「別鬧！別鬧！你媽呢？」孫八問。

「媽在屋裡哭哪！都是你這個壞爸爸，娶小媳婦，叫媽哭的像『大媽虎子』似的！壞爸爸！」

# 第四十二

慶和堂，孫、張辦喜事的第二天，孫守備早晨起來去開街門。門兒一開，順著門四腳朝天的倒進一個人來。

「喝！我的老頭！開門不聽聽外面有打呼的沒有哇。」趙四爬起來笑著向孫守備行了一禮。

「趙四，你怎麼這樣淘氣，不叫門，在這裡睡覺！」孫守備也笑了。

「叫門！我頂著城門來的，天還沒亮，怎能叫門？所以坐在這裡，不覺的作上夢了。」

「進來！進來！」

趙四跟著孫守備進了外院的三間北屋，好像書齋，可是沒有什麼書籍。

「你該告訴我龍家父女的事了！」孫守備說。

「別忙！老頭兒！給咱一碗熱茶，門外睡的身上有些發僵！」孫守備給了趙四一碗熱茶，趙四特鹵特鹵的一氣喝完，舒展舒展了四肢，又拍了拍腦門。「得！寒氣散盡，熱心全來；老頭兒咱要說了！」

「說你的！」

「龍樹古欠老張的錢是真的。老張強迫老龍賣女兒還債是真的。八爺出一千多元買龍鳳也是真的。只有龍樹古賣女兒是假的。他不能賣他的女兒，可是老張的債是閻王債，耽擱一天，利錢重一天，所以他決定先還清老張，再和八爺央告，這是他的本意，據我看他不是壞人。」

「他們逃到那裡去？」孫守備問。

「他們沒逃，他們專等見八爺，或是你，老頭！」

「無須見我，你去和八爺說，叫龍樹古寫張字據分期還錢，不必要利息！你看這公道不公道？你辦得明白嗎？」

「我明白！老頭！別人的事我辦的明白乾脆，就是不明白咱自己的事！」

一陣敲門的聲響，趙四跑出去：「找誰？我是趙四！這是孫老頭的家！」

「四哥，我和我叔父來了！」

趙四並不問孫守備見他們不見，毫不懷疑的把他們領進來。快到屋門他才喊起來：

「老頭！有人來了！」

李老者扶著李靜，慢慢的進屋裡去，深深的向孫守備行了一禮，沒有說什麼。

「姑娘你好了？」孫守備問李靜。

「我好了！叔父和我特來謝謝你的大惠，只是他與我不知道說什麼好！」李靜說。

「姑娘，不用說別的！我自己的女兒要是活著，現在比你大概大兩三歲，也是你這麼好看，這麼規矩。她死了！我看見你就想起她！」孫守備看著李靜，心中一陣酸痛，淚流下來了！李靜不由的也哭了！

趙四用腳尖走出去。他不怕打仗，只怕看人哭。

「姑娘！」孫守備拭著淚說：「你們叔侄此後的生活怎樣？」

李靜看了看她的叔父，李老人微微向她搖了搖頭。她不知道說什麼好，不由的臉紅了。

「孫老者！」李老人低聲的說：「以往的事我們無可為報，也沒有可說的，以後的事只看我們叔侄的命運罷！」

「老先生！」孫守備很誠懇的對李老人說：「我明白你的高傲，現在呢，我決不是為你，自然也不是為我；我們年紀都老了，還希望什麼不成？可是我們當為姑娘設想。怎樣安置她是唯一的問題。」

李老人一聲沒言語，李靜呆呆的看著兩個老人，沒有地方插嘴。

趙四又進來了，一邊腋下夾著小三，那一邊夾著小四，兩個孩子用小手指頭刺趙四的膈肢窩，趙四撇著大嘴哈哈的笑，兩個孩子也笑的把臉漲紅像嬌嫩的紅玫瑰花片。這是小三，小四頭次見趙四，好像趙四有一種吸引力，能把孩子們的笑聲吸引出來。趙四的臉在孩子們的小黑眼珠裡是一團笑霧蒙著，無論怎麼看也可愛，可笑。

趙四把兩個孩子放在地下，孫八跟著也進來。孫八看看叔父，看看李靜，臉上紅了兩陣，羞眉愧眼的坐下，連一聲「辛苦」也忘了說。

「八爺！」孫守備對孫八說：「龍家的事我都告訴了趙四，你們快去辦。」

「就是！」孫八點了點頭。

李老人立起來，向孫家叔侄行了一禮，然後對孫老者說：「改天再談！」

李靜扶著叔父慢慢走出來，孫家叔侄只送到院裡。

「這位老人頗文雅呢！」孫老者對他侄子說。

「就是！」孫八說。

「也很自尊！」趙四說。

「就是！」孫八又說。

「趙四！」孫守備向趙四說。「你自己的事怎樣？」

「事全是人家的，我永遠沒事！」趙四回答。

「你吃什麼呢？」

「拉車！餓不死！人家不願意去的買賣，咱拉！人家不敢打的大兵，咱敢！我倒不能餓死，只怕被人家打死；可是打死比餓死痛快！」趙四得意非常，發揮自己的心願。跟著拍著嘴學蛤螞叫喚，招的小三，小四跳起腳來笑。

「這麼著，」孫守備說，「你真到過不去的時候，你找我來，我現在什麼也不敢給你！」

「哼！老頭兒！咱平生沒求過人！我要來看你，是我有錢的時候！別的，不用說！老頭兒！咱們心照罷！」

「趙四！你是個好小子！八爺！你同趙四去辦龍家的事罷！」

「就是！叔父！」

「你別走！別走！」小三，小四拉著趙四不許他出門。

「你們等著我！我去給你們拿小白老鼠去！這麼小！」趙四用拇指控著食指的第一節比畫著說。

小三，小四鬆了手，趙四一溜煙似的跑出去。

# 第四十三

王德自從被趙四送回家，昏昏沉沉的只是傻笑。飯也不吃，茶也不想，只整瓢的喝涼水。起初還扎掙著起來，過了兩天頭沉的像壓著一塊大石頭，再也起不來。終日像在霧裡飄著，閉上眼看見一個血淋淋的一顆人頭在路上滾，睜開眼看見無數惡鬼東扯西拉的笑弄他！醒著喊：「靜姐，不用害怕！刀！殺！」睡著喊：「老張！看刀！殺！人頭！……」

王老夫婦著了慌，日夜輪流看著兒子；王夫人聲聲不住的咒罵李靜，王老者到村中請了醫生，醫生診視完畢，脈案寫的是：「急氣傷寒，宜以散氣降毒法治之。」下了幾味草藥，生薑燈心為引。囑咐王老者，把窗戶關上，服藥之後，加上兩床棉被，手心見汗，就算見效。王老者一一的照辦，不料王德的體質特別，藥吃下去，汗也沒出，氣更大了：把兩床棉被一腳踢下去，握著枕頭，睜著血紅的眼睛，說：「往那裡跑，殺！」

醫藥不靈，第二步自然是求神，所謂「先科學後宗教」者是也。於是王大人到西直門外娘娘廟燒香，許願，求神方。神方下來，除香灰大蔥胡用陰陽水服用之外，還有一首小詩：「萬惡淫為首，百善孝當先。欲求邪氣散，當求喜沖天。」

王夫人花了五個銅元的香資求娘娘廟的道士破說神方上的啟示。道士說：「邪氣纏身，妖狐作祟，龍鳳姻緣，災難自退！」

王夫人雖不通文理，可是專會聽道士，女巫的隱語，因為自幼聽慣，其中奧妙，不難猜度。於是她三步改作兩步走，跑到家裡和丈夫商議給兒子娶妻以沖邪氣。王老者自然不敢故違神意，咬著牙除掉了三畝地，搭棚辦喜事。為兒子成家，無法，雖然三畝地出手是不容易再買回來的！

娶的是德勝門關外馬販子陳九的二女兒，真是能洗，能作，能操持家務！而且歲數也合適，今年她才二十七歲。由提親到迎娶，共需四十八點鐘。王家是等著新娘趕散邪氣，陳家是還有四個姑娘待嫁，推出一個是一個，越快越不嫌快。

王德迷迷忽忽的被兩個頭上全戴著紅石榴花的老婦人扶著，拜了天地入洞房。

果然，他一來二去的清醒過來。看見身邊有個大姑娘，把他嚇了一跳，喊起來：

「媽！媽！快來！」

「來了！我的寶貝！你可知道叫『媽』了！你個傾人的貨！」王夫人看見兒子明白

過來，又是哭又是笑。

「她是誰？」王德還是坐不起來，用手指著陳姑娘。

「她！我的寶貝！不虧了她把你的邪氣沖散，你就把我傾死了！」說著王夫人又落下淚來。「她是你的媳婦！」

王德眼前一黑，喉中一陣發甜，一口鮮血噴在被子上，兩眼緊閉，臉像黃蠟一般。

「我的寶貝！王德！王德！你可別要媽的命啊！王德！」王夫人哭成淚人兒一般，陳姑娘也立在一旁落淚，而不敢高聲的哭，就是哭也不知道哭什麼好。

王老者跑進來也嚇呆了，只能安慰著他們說：「淤血吐出來就好了！去！沏白糖水，灌！」

王德慢慢的還醒過來，不知是糖水的功用，還是什麼，他身體弱的起不來，半個多月才漸漸的坐起來。

拿水拿飯，以至於拿尿壺，陳姑娘本本分分的伺候王德。他起初還不理她，而她低聲下氣的作，一毫怨怒都沒有。王德不由的心軟起來，開始與她說話。王夫人聽見小倆口說話，心中笑的她自己也形容不出來。

家庭間要是沒有真愛情，可以用魔術替代之！聰明的中國人的家庭制度永遠不會衰敗，因為他們都會耍魔術。包袱裡，包袱面，無有夾帶藏掖，說變就變，變！王德就是包袱底下的那隻小白兔，那隻小花耗子！至於她，陳姑娘，還不過是一個張半仙手指縫夾著的小紅豆！及至他明白了他是小白兔，他還不能不承認他與她小紅豆，同是魔術家的玩物；因為憐愛她，安慰她，誰叫同是被人耍的材料呢！你要恨她，離棄她，除了你真能戰勝一切魔術家，她又何曾甘心在包袱和指縫之間活著呢！

王德漸漸復了元氣，家庭間倒也相安無事，他到前門外把行李取回來，又到報館去看藍先生，藍先生依然不見他；於是他死心踏地的幫助父親作地畝中的工作，不敢再冒險去進城找事。再說，現在他不是要為自己活著了，是要對妻子負責了，還敢冒昧著幹嗎？而浪子回頭，青年必須經過一回野跑，好像獸之走壙。然後收心斂性的作父母的奴隸，正是王老夫婦所盼望的！

對於李靜，他沒有忘她，然而不敢去見她，也不敢想她；他已有了女人，他應當對他已有的女人負責！他軟弱？難道陳姑娘不可憐？因為她的可憐而犧牲了真的愛情？無法！誰叫你事前無勇，事後還有什麼可說的！

李靜呢？聽說王德結了婚，只有聽著！她只有一天消瘦一天，這是她所能作到的，別的？……

# 第四十四

「姑娘，你自己的事還要留心啊！你知道婦女一過了年青的時候，可就……」龍樹古對龍鳳說。

「我明白！父親！不過，我立志等著李應！」龍鳳很堅決的說。

「可是他到那裡去？是生是死？全不得而知！就是他沒死，為什麼他一封信也不給你寫，這是他愛你的表示嗎？」

「給我寫信不寫，愛我不愛，是他的事；我反正不能負他，我等著他！」

「那麼你不上奉天去？」龍軍官有些著急的樣子。

「我在這裡等著他！」

「那就不對了，姑娘！奉天的工作是上帝的旨意！上帝選擇咱們父女到奉天去，難道我們不服從他嗎？」龍鳳眼含著淚，沒有回答。

「再說，」龍軍官接著說：「上奉天並與等李應不衝突，你可以在奉天等他呀！我們的事是私的，上帝的事是公的，我們不能只顧自己而誤了上帝的事業！」

「上帝的事業與人們的愛情有同樣的重要！我知道李應什麼時候回來，他回來而我走了，我們何年再能見面？父親，你上奉天，我依舊在這裡，難道你不放心？」

「我是不放心！自從你母親死後，我寸刻離不開你！我要不為你，何苦受這些罪？」

他們父女全低著頭落淚，待了半天，龍鳳問：「要是我出嫁了，還能和父親一處住嗎？」

「那是另一回事，出嫁以前我不能離開你！姑娘別傲性，你再聽一回父親的話，那怕只此一回呢？」

怎樣新的人也不會把舊勢力剷除淨盡，主張「非孝」的家庭革命者可以向父母宣戰，然而他受不起父母的央告，軟化；況且父母子女之間的愛情，有時候是不能以理智判斷分析呢？龍鳳無法！她明白什麼是「愛」，可是她還脫不淨那幾千年傳下來的「愛」的束縛——「愛」是子女對父母的孝敬！

龍樹古受華北救世軍總部的委派，到奉天立支部宣揚福音，所以他們父女有這一場的小衝突。龍樹古已與孫八說妥還債的辦法，而到奉天去的原因的一個，聽說是到奉天可以多掙幾塊錢。

龍鳳的苦處已非她一顆珍珠似的心所能容了！她懷疑了她的父親，到底他的一切設施，是不是為她？她把李應丟失了，設若李應沒有走，她的父親是否真意的把她給李應呢？她向來對於父親非常親愛，今日忽然改變？她真的愛李應，將來她的父親要是迫她嫁別人呢？……她看不清楚，想也想不明白，她懷疑她的父親，可是她還不敢不服從他。……教會中開歡送會，歡送龍家父女。禱告，唱詩循序作過，一位華北總會派來的軍官致詞，大意是：「信著上帝的支配，救世軍佈滿全球；憑著我們的信力，驅逐一切魔鬼！去了私念，戴上上帝的衣帽；捨了生命，背起耶穌的苦架。犧牲了身體，尋求天國的樂趣！……這是龍家父女的責任……阿門！」

龍家父女一一和會中人握了手，致了謝，慢慢的走出教會。

趙四右手拿著一束玫瑰花，左手提著一小匣點心。雙手齊舉迎上龍家父女去。把花遞給龍鳳，把點心遞給龍軍官。然後對她說：

「這幾朵花是吉祥如意！」

對他說：

「這幾塊點心吃了解餓！」

說完，一語不發的垂手而立看著他們父女。

他們明白趙四的意思，笑著接了東西，向趙四道謝。

「你們幾時走？」趙四問。

「還有一半天的工夫。」龍軍官回答。

「有用我的地方沒有？」趙四又問。

「有！」龍鳳沒等她父親張口，搶著說。「四哥，你去給我買一點茶葉去！我今天五點鐘回家，你要買來，那個時候給我送去頂好！」

「就那麼辦！」趙四接了龍鳳的錢去出城買茶葉。

…………

「你父親呢？」趙四問龍鳳。

「出門了，這是我叫你這個時候來的原因。四哥！我父親對我的態度到底怎麼樣，你明白不明白？」龍鳳十二分懇切的問。

「我不明白，」趙四說：「可我也不敢錯想了人！以前的事錯都在你們！」

「誰？」

「你與李應，李靜與王德！」

「怎麼？」

「不敢跑！不敢跑！現在，把跑的機會也沒有了！」

「四哥！」龍鳳歎了一口氣，「往事不用再說。我問你，李應是生是死？」

「他要是跑了，他就是活了；我沒得著他的消息，可是我敢這麼下斷語！」

「萬一他要回來，你可千萬告訴他，我還等著他呀！」

「我不上心，我是狗！」趙四當著婦女不敢起極野的誓！

「四哥！我謝謝你！以後的消息是全憑你作樞紐了！」

「沒錯，姑娘！」

「好！這是我的通信處，他回來，或是有消息，千萬告訴我！」

「可我不會寫字呢？」

「姓趙的趙你會寫罷？」

「對付著！」

「一張白紙上寫著一趙字，再求別人寫個信封，我就明白是他回來了！四哥，辦的到辦不到？」

婦人要是著急，出的主意有時候輕微的可笑，可是她們的赤子之心比男人多一點！

「辦的到！好！姑娘，一路平安！」

# 第四十五

趙四沒有什麼哲學思想，他對於生、死、生命……等問題沒有什麼深刻的見解。他也不似詩人常說「生命是何等酸苦的一篇功課呢！死罷！」他只知道：到生的時候就生，到死的時候就死！在生死中間的那條路上，只好勇敢的走！可是，到底什麼時死呢？據他想：典當鋪裡沒有抵押品，餅鋪裡不欠錢，穿著新大褂，而且袋中有自由花的兩角錢，那就是死的時候！

趙四的理想有一部分的真理：人們當在愁波患海之中，縱身心微弱，也還扎掙著往前幹，好像愁患的鏈鎖箍住那條迎風欲倒的身體，欲死而不得。這樣的一個人，一旦心縫中覺得一陣舒服，那團苦氣再擰結不住；於是身上一發輕，心中一發暖，眼前一發亮，死了！

李老人便是這麼一個在患難中浮泛的人，他久病的身體好似被憂患捆住，膠住，他甘心一死，而那條酷虐的鐵鍊越箍越緊，他只能用他的骨瘦如柴的身軀負著那一片海水似的愁悶。現在，他把老張的債清了，他的侄女又在他的左右了，他的侄子跑了，跑了是正合他的意，於是他心裡沒有可想的了，那層愁苦的膠漆失了緊縛之力！他自己知道，於就寢之前，自己照了照鏡子，摸了摸眉間的皺紋，覺得舒展開了。點了點頭，歎了一口氣，蓋好了被子，長眠去了！

……………

他死了！死去一天，兩天，三天，……世界上沒有事似的：風吹著，雨落著，花開著，鳥唱著……誰理會世上少了一個人！

她，李靜，閉眼看見他，睜眼看見他，他還是她自幼相從的叔父，然而他可摸到的身體已埋在沙土之中了！風，雨，花，鳥，還依然奏著世界的大曲，誰知道，誰理會世界上少了一個人，世界上有個可憐的她！

王德在靈前哭了李老人一場，然而沒有和她說話！她又看見了他一次，他已經是別個女人的他了！

趙姑母只在李老人死的第二日哭了她兄弟一陣，把李老人所賣的五彩瓶的錢，除李應花去的，還有二十多元，交給李靜，一句話沒多說的走了！她不能理李靜，李靜是個沒廉恥的女孩子，臨嫁逃走的！

藍小山寫來一對輓聯，穿著一身重孝，前來弔唁。然後對她供獻他的愛情，這是他的機會，她沒有理他！孫守備幫助她料理喪事，安慰著她：「姑娘！我就當你的叔父，你將來的事有我負責，只不要哭壞你的身體！……」

王德是別人的了！

李應不知到那裡去！

姑母家回不去，也不肯去！

藍小山的愛情不能接受！

孫守備的恩惠無可為報，而他的護持也不能受，他的思想和她的相隔太遠！別人，沒有知道她的，更沒有明白她的！

……

她找她叔父去了！

花謝花開，花叢中彼此不知道誰開誰謝！風，雨，花，鳥，還鼓動著世界的燦爛之夢，誰知道又少了一朵鮮美的花！她死了！

……

這段故事的時期，大概在中華民國八九年到十一二年之間。到現在我寫這個故事，一切的局面已經不是前幾年的故態；如步軍統領衙門幾年前還是個很有勢力的，現在已經是歷史上的材料了！我們書中的人物，死的沒法再生，而生的在這幾年內，又變化萬端了。

我們第一位英雄老張，因他盟兄李五作了師長，一個電報送到北京政府保薦老張作南方某省的教育廳長。老張與教育廳長兩名詞發生關係以後，自有新聞紙與政府公文作將來為老張寫傳記的材料，不用我們分心。我所應當在這裡附帶說一兩句的是：老張作廳長之後娶了兩個妾，一共還沒用了五百塊錢。這是他平生最得意的事。

……聽說李應跑到天津，現在已經成立了一些事業。他由趙四處得到龍鳳的通信處，給她寫過幾封信，而一封回信也沒接到。據傳說龍鳳嫁了一個富人，她的父親已辭去教會的事不作，而與女兒女婿一處住。李應當怎樣的難受？

……孫八經孫守備的監視，不敢再萌娶妾的心。大概俟孫老者死後再說。可是現在孫老者還十分健壯。龍樹古把欠孫八的錢還清，孫八把一千多元都交給了李山東，擴充他的買賣。……

南飛生因作事有手腕，已經作了縣知事，聽說也頗賺錢呢！

王德父親死了，他當了家，而且作了父親，陳姑娘供獻給他一個肥胖的大男孩！……

藍小山換了一副玳瑁邊的赭色眼鏡，因為藍眼鏡好像不吉祥似的。別的事，與其說我們不知道，還不如說我們不明白藍小山的玄妙，較為妥當。

趙四還是拉車掙飯吃，有一次真買了一對小白老鼠給小三，小四送去。據小三說，那對小白老鼠也不如趙四有趣！……

老舍作品精選：6

# 老張的哲學【經典新版】

作者：老舍
發行人：陳曉林
出版所：風雲時代出版股份有限公司
地址：10576台北市民生東路五段178號7樓之3
電話：(02) 2756-0949
傳真：(02) 2765-3799
執行主編：劉宇青
美術設計：吳宗潔
行銷企劃：林安莉
業務總監：張瑋鳳

初版日期：2021年11月
ISBN：978-986-352-968-2

風雲書網：http://www.eastbooks.com.tw
官方部落格：http://eastbooks.pixnet.net/blog
Facebook：http://www.facebook.com/h7560949
E-mail：h7560949@ms15.hinet.net
劃撥帳號：12043291
戶名：風雲時代出版股份有限公司

風雲發行所：33373桃園市龜山區公西村2鄰復興街304巷96號
電話：(03) 318-1378
傳真：(03) 318-1378
法律顧問：永然法律事務所 李永然律師
北辰著作權事務所 蕭雄淋律師

行政院新聞局局版台業字第3595號 營利事業統一編號22759935


**定價：280元**



國家圖書館出版品預行編目資料

老舍作品精選. 6：老張的哲學 / 老舍著. -- 臺北市：風雲時代出版股份有限公司, 2021.03 面； 公分

ISBN 978-986-352-968-2 (平裝)

857.7 109021932